*Hiltrud Leenders*, geboren 1955 am Niederrhein, arbeitete zunächst als Übersetzerin und machte sich später als Lyrikerin einen Namen. Sie ist Mutter von zwei Söhnen und seit 1990 hauptberufliche Schriftstellerin.

*Michael Bay*, geboren 1955, arbeitet als Diplompsychologe und Psychotherapeut. Er ist verheiratet und hat drei Kinder.

*Artur Leenders*, geboren 1954 in Meerbusch, arbeitet als Unfallchirurg in Kalkar. Seit über zwanzig Jahren ist er mit Hiltrud Leenders verheiratet, er ist der Vater der beiden Jungen.

Im Rowohlt Taschenbuch Verlag liegen bereits die Romane «Die Schanz» (rororo 23280), «Augenzeugen» (rororo 23281) sowie «Gnadenthal» (rororo 24001) und «Die Burg» (rororo 24199) vor.

Hiltrud Leenders/
Michael Bay/Artur Leenders

# Kesseltreiben

Kriminalroman

Rowohlt Taschenbuch Verlag

Originalausgabe

Veröffentlicht im Rowohlt Taschenbuch Verlag,

Reinbek bei Hamburg, Mai 2009

Copyright © 2009 by Rowohlt Verlag GmbH,

Reinbek bei Hamburg

Umschlaggestaltung any.way, Cathrin Günther

(Foto: John Heseltine/Corbis)

Satz Bembo PostScript (InDesign) bei

Pinkuin Satz und Datentechnik, Berlin

Druck und Bindung CPI – Clausen & Bosse, Leck

Printed in Germany

ISBN 978 3 499 24949 5

**Eins** «Kessel? Wat is' dat denn für 'ne Schnapsidee?», ereiferte sich Ackermann. «Da haste die freie Auswahl, un' du ziehs' ausgerechnet in so 'n Kaff, wo einer dem andern innen Kochpott spucken kann.»

«Wieso regst du dich denn so auf? Du wohnst doch selbst in einem Dorf», verteidigte Bernie Schnittges sich.

«Ha! Ich bin da ja auch geboren.» Ackermann hob den Zeigefinger. «Un' dat is' wat ganz anderes.»

Schnittges lachte. «In Kessel kenne ich ein paar Leute, und ich denke mir, da ist so ein Neuanfang ein bisschen leichter.»

«Ach wat!» Jupp Ackermann lehnte sich gegen den Kotflügel seines Autos und schlug bequem einen Fuß über den anderen. «Du kenns' also jemand in Kessel. Erzähl ma'!»

Schnittges stand auf heißen Kohlen. «Ein anderes Mal gern, Jupp, aber jetzt muss ich wirklich los. Der Möbelwagen soll um fünf ankommen.»

Ackermann riss die Augen auf. «Wie, dein Umzug is' schon dies' Wochenende? Warum sags' du denn nix? Man hilft doch gerne.»

«Das ist echt nett von dir, aber meine Geschwister

kommen, da hab ich genug Hilfe. Viel zu tun gibt es sowieso nicht, ist ja ein Neubau.»

«Wenn du et sags'. Gib mir trotzdem ma' deine Adresse. Dann spring ich morgen kurz bei dir rein. Vielleich' is' ja doch noch wat zu tun.»

«Seeweg 48d», antwortete Schnittges und klopfte Ackermann kurz auf die Schulter. «Ich bin dann weg.»

Josef Ackermann schaute dem jungen Kollegen hinterher, wie er um die Ecke des Präsidiums zum Parkplatz lief, wo sein Wagen stand. Ein feiner Kerl, der Bernie. Er war jetzt seit fast fünf Monaten beim Klever KK 11, hatte bisher aber noch täglich zwischen seiner Wohnung in Krefeld und dem Niederrhein gependelt.

Eigentlich hatte sich Ackermann selbst auf die freie Stelle bei der Mordkommission bewerben wollen, aber seine Frau hatte ihm die Idee ausgeredet. So war er dann doch beim Betrugsdezernat geblieben und mittlerweile ganz froh darüber. In seinem Bereich machte ihm keiner mehr was vor, und Guusje hatte recht: Mit über fünfzig musste man sich kein Bein mehr ausreißen.

Er wusste auch gar nicht, ob es ihm überhaupt gefallen hätte bei der Mordkommission, wo doch alles so anders geworden war.

Helmut Toppe, mit dem er immer am liebsten zusammengearbeitet hatte, war inzwischen Chef geworden und hatte mit der Ermittlungsarbeit nichts mehr am Hut, saß nun auch in einem anderen Trakt in einem schnieken Büro, und man bekam ihn kaum noch zu Gesicht.

Jetzt war Norbert van Appeldorn der Leiter der

Truppe und seitdem noch komischer als früher. Nun ja, der musste sich wohl auch erst mal an den neuen Posten gewöhnen.

Und dann Astrid – ob die jemals wieder zur Kripo zurückkommen würde, stand in den Sternen. Für sie hatte man vor acht Wochen die kleine Engländerin eingestellt, mit der er noch nicht so recht warm geworden war.

Ackermann seufzte, er war bestimmt der Letzte, der etwas gegen Neuerungen hatte, aber so langsam wurde es sogar ihm ein bisschen zu viel.

Bernie Schnittges schloss die Haustür und atmete erleichtert auf – endlich Ruhe. Selbstverständlich war er froh, dass seine Geschwister ihm beim Umzug geholfen hatten, aber so eine geballte Ladung Familie war auch anstrengend.

Noch bevor gestern Nachmittag der Möbelwagen aus Krefeld angekommen war, hatten sie alle fünf bei ihm vor der Tür gestanden, jeder mit Isomatte und Schlafsack unter dem Arm. Und erst jetzt, sechsundzwanzig Stunden später, hatten sie entschieden, dass er nun allein klarkäme. Allerdings nicht, ohne Vorsorge zu treffen: Monika hatte ihm einen Auflauf dagelassen, damit er heute Abend nicht mehr kochen musste – «vierzig Minuten in den Ofen bei zweihundert Grad», hatte sie ihm mindestens viermal eingebläut –, und Lara war nachmittags noch einkaufen gefahren und hatte dann seinen Kühlschrank gefüllt – «du willst doch wohl morgen nicht ohne Frühstück dastehen». Verflixt, er hatte sie gar nicht gefragt, wo sie gewesen war. Gab es im Dorf einen Lebensmittelladen?

Er ging in die Küche und schaltete den Backofen ein. Hier sah es schon ganz heimelig aus. Gut, die Küchenzeile, die zur Hauseinrichtung gehörte, wirkte ein bisschen steril, aber das machte der alte Holzschrank, den er seiner Großmutter abgeluchst hatte, eindeutig wett, und die Kräutertöpfe auf der Fensterbank, die seine kleine Schwester Tonja mitgebracht hatte, sahen nicht nur nett aus, sondern rochen auch noch gut.

Er stieg die Treppe zum Wohnzimmer hinauf – dreißig Quadratmeter, Fenster bis zum Boden –, eigentlich ein schöner Raum, aber noch reichlich kahl. Die Sitzgruppe aus seiner alten Wohnung wirkte verloren, und es fehlten Teppiche, ein paar schöne Lampen und Bilder. Na ja, das würde sich alles finden, wenn er sich erst einmal eingelebt hatte.

Er wollte gerade wieder hinuntergehen, um den Auflauf in den Ofen zu schieben, als er Schüsse hörte.

Schnittges lief zum Fenster. Die Knallerei war von weiter her gekommen. Er sah auf die Uhr.

Auf der anderen Straßenseite dehnte sich ein großes Feld bis zum Gebäude des Schwimmbads. Vier oder fünf Jäger standen dort in weitem Abstand, die Büchsen in der Hand. Links hinter den Häusern zog sich ein Wäldchen am alten Baggerloch entlang. Auf dem Acker vor ihm stoben ein paar Vögel auf, und wieder schossen die Männer.

Bernie Schnittges fuhr sich über das müde Gesicht – irgendeinen Sinn würde das da drüben wohl haben –, er war ein Stadtkind und hatte nicht die geringste Ahnung von der Jagd.

Er ließ die Jäger Jäger sein und ging zum anderen großen Fenster hinüber. Das Haus nebenan und die beiden gegenüber standen noch leer, gemütlich war das Neubauviertel nicht, die wenigen Bäume und Sträucher zu mickrig, die Rasenflächen dünn. Sein eigener Garten bestand bisher nur aus platt getretener Erde, aber das wollte er bald ändern. Als Erstes würde er eine Hecke pflanzen, damit man den hässlichen Zaun nicht mehr sah, der sein Grundstück einfasste.

Kessel – von dem Dorf hatte er schon gehört, lange bevor er nach Kleve gekommen war.

Seit seiner Schulzeit spielte er leidenschaftlich Laientheater, was die neuen Kollegen Gott sei Dank noch nicht herausgefunden hatten, und er war den Schauspielern vom Kesseler «Tingeltangel-Theater» schon öfter auf Festivals begegnet. Es waren nette Leute, und er hatte keinen Zweifel, dass sie ihn mit Freuden ins Ensemble aufnehmen würden.

Ein Auto brauste mit hoher Geschwindigkeit am Haus vorbei, dann quietschten Bremsen, aber als er zum vorderen Fenster kam, war nichts mehr zu sehen.

Der Himmel im Westen hatte sich rosa gefärbt, das bedeutete wohl, dass es auch morgen wieder warm würde. Was für ein Wetter, sonnige achtundzwanzig Grad, und das im April! Morgen hatte er noch dienstfrei.

Ob das Freibad drüben schon für die Saison geöffnet hatte? Oder vielleicht konnte man am alten Baggerloch auch irgendwo wild baden, wäre schön im Sommer, nachts, bei Vollmond.

Simone, dachte er und spürte, wie sein Magen sich verkrampfte.

Hör auf!, schalt er sich laut. Es war richtig gewesen zu gehen, eine echte Chance hatte er sowieso nicht gehabt.

Jetzt erst einmal etwas essen und dann in die Badewanne.

Sirenengeheul weckte ihn, an der Badezimmerdecke zuckten blaue Lichter.

Du meine Güte, er war tatsächlich in der Wanne eingeschlafen und fror jetzt wie ein Stint.

Als er sich gerade mit dem Handtuch warm rubbelte, klingelte es.

«Ruhiges Landleben», murmelte er, zog sich hastig seinen Bademantel über und lief die Treppe hinunter.

Vor der Tür stand Ackermann und machte ein zerknirschtes Gesicht. «Hab ich dich unter de Dusche weggeholt?»

«Macht nichts», sagte Schnittges freundlich. «Komm doch rein.»

Aber Ackermann blieb stehen und deutete mit dem Kinn Richtung Acker. «Wat is' denn dahinten los?»

Schnittges zuckte die Achseln. «Ich habe keine Ahnung. Aber jetzt komm rein. Mir ist kalt, ich muss mir was anziehen.»

«Okay.» Ackermann drückte ihm ein Päckchen in die Hand, das in ein kariertes Küchenhandtuch eingewickelt war. «Salz un' Brot», sagte er, «wie et so Sitte is'.» Dabei grinste er und schaute sich neugierig in der Diele um. «Feine Hütte, Bernie. Haste die gekauft?»

Schnittges schüttelte den Kopf. «Nur gemietet. Danke, übrigens, nett von dir. Pass auf, ich lauf schnell nach oben und ziehe mich an. Da vorn ist die Küche, Bier steht im Kühlschrank. Bedien dich einfach und komm dann hoch ins Wohnzimmer, ja?»

Als Schnittges aus seinem Schlafzimmer kam, hatte Ackermann es sich mit einer Bierflasche in der Hand auf dem Sofa gemütlich gemacht. «Ich staun' Bauklötze, du has' wirklich alles schon fertig.»

Schnittges lächelte und nahm die andere Bierflasche, die Ackermann mitgebracht hatte, vom Tisch. «Nun ja, so einigermaßen.»

Sie prosteten sich zu und tranken. «Aber da fehlt noch so manches», meinte Schnittges dann. «Ich weiß zum Beispiel noch nicht, was ich mit dem Wintergarten anfangen soll.»

Ackermann breitete die Arme auf der Sofalehne aus. «Den kleinen Glasbau neben der Küche? Also, wenn de mich frags', ich würd' da 'n Esszimmer draus machen, mit Rattanmöbel oder so. Stell ich mir ganz gemütlich vor.»

Schnittges setzte sich in den Sessel und nickte nachdenklich. «Gar keine schlechte Idee. Sag mal, kennst du dich ein bisschen im Gartenbau aus?»

Wieder brauste ein Wagen mit Sirengengeheul vorbei.

Ackermann sprang auf und lief zum Fenster. «Jetz' guck dir dat an! Dat muss wat Größeres sein. Sieht aus, als wär' dat bei ‹Ophey›.»

Schnittges, der ihm gefolgt war, runzelte fragend die Stirn.

«Dat is' dieser Wellnesstempel», erklärte Ackermann. «Haben aber auch 'n ganz gutes Restaurant.»

Inzwischen war es dunkel geworden, und man konnte drüben auf der anderen Seite des Ackers bis auf die Blaulichter kaum etwas erkennen.

Ackermann schnappte plötzlich nach Luft und packte Bernies Arm. «Los, komm mit, mach voran!»

«Spinnst du?», schüttelte Schnittges ihn ab. «Ich bin doch kein Gaffer.»

Doch Ackermann zeigte nur stumm auf das Auto, das gerade am Haus vorbeifuhr, und da verstand Schnittges – es war van Appeldorns Wagen.

Ackermann zappelte vor Aufregung. «Jetz' komm in die Pötte, Bernie! Quer über 't Feld ging et am schnellsten, aber da ham se grad eingesät, dat tut man nich'. Nimm aber trotzdem für alle Fälle 'ne Taschenlampe mit, sons' brechen wir uns die Knochen, so finster, wie dat hier überall is'.»


Sie liefen den Seeweg entlang und bogen in den stockdunklen Hohlweg zum Hotel ein.

«Vorsicht!», rief Schnittges und riss Ackermann zur

Seite, um einen großen Wagen vorbeizulassen, der mit hoher Geschwindigkeit um die Kurve kam.

Ackermann beugte sich nach vorn und stützte die Hände auf die Knie. «Die Karre vom ED − van Gemmern», japste er. Dann richtete er sich auf und grinste Schnittges an. «Mann, Mann, über zwanzig Jahr' is' in diesem Kaff nix passiert, un' kaum ziehs' du hierhin …»

Bernies Handy klingelte. Es war die Zentrale: «Tötungsdelikt in Goch-Kessel. Norbert will dich dabeihaben. Schreib dir mal die Adresse auf.»

«Nicht nötig», antwortete Schnittges finster. «Ich bin schon vor Ort.»

Am Flatterband, mit dem man den Hotelparkplatz abgesperrt hatte, blieben sie stehen und schauten sich um.

Zwei uniformierte Kollegen beim Transporter der Spurensicherung nickten grüßend, dann schulterten sie Stative und Scheinwerfer und trugen sie zur Mitte des Platzes, wo Klaus van Gemmern dabei war, ein hohes, weißes Zelt aufzubauen. Ein dritter Kollege lief mit einer Kabeltrommel zur Tür des Restaurants. Dort scharten sich Schaulustige und drängten ins Freie, wurden aber von Peter Cox energisch ins Haus zurückgeschickt.

Ein Stück weiter links, unter der einzigen Laterne des Parkplatzes, entdeckten sie Norbert van Appeldorn, der mit einem älteren Mann sprach und sich dabei Notizen machte.

Schnittges schlüpfte unter dem Absperrband hindurch. In diesem Moment flammten im Zelt die Lampen auf und tauchten alles in der Umgebung in gleißende Helligkeit.

«Bernie!» Van Appeldorn war herangekommen. Im kalten Licht wirkten seine Gesichtszüge hart. «Das ging aber fix!»

Schnittges nickte. «Ich wohne gleich um die Ecke.»

«Ach, stimmt, du wolltest ja umziehen.» Dann entdeckte er Ackermann. «Was hast du denn hier verloren?»

«Ich habe Bernie besucht», erklärte Ackermann ungeduldig. «Wat is' hier eigentlich los?»

«Ein Toter mit Schussverletzung», antwortete van Appeldorn. «Seht's euch selbst an.»

Bernie Schnittges blieb im Zelteingang stehen. Der Tote lag auf dem Rücken, die Arme nah am Körper. Er trug einen hellen Anzug, ein gebügeltes Hemd und eine ordentlich gebundene Krawatte.

Schnittges schluckte. Dem Mann hatte es den halben Schädel weggefetzt, den Hinterkopf und einen Teil des Gesichts, aber man konnte noch erkennen, wie jung er war. Die Sommersprossen wirkten auf der fahlen Haut wie aufgemalt. Das heile Auge war weit aufgerissen und von einem strahlenden Blau.

«Mein Gott!», keuchte Ackermann, der sich an Schnittges vorbeigeschoben hatte.

Van Gemmern grunzte zustimmend, machte noch ein Foto und legte die Kamera in den Koffer zurück. «Sieht nach einem Hochgeschwindigkeitsgeschoss aus.»

Überall auf dem Asphalt klebten Knochensplitter,

Hirnmasse, blutige Haut- und Fleischfetzen. «Die Schädelkalotte ist quasi weggesprengt worden.»

Er ging in die Hocke und fing an, die Taschen des Toten zu durchsuchen. Sorgfältig tütete er Autoschlüssel und einen einzelnen Schlüssel mit einem hölzernen Anhänger ein. Dann zog er ein rotes Lederportemonnaie hervor und schaute hinein.

«Rund zweihundert Euro in bar», sagte er. «Keine Kreditkarten, kein Ausweis.»

«Mist!» Auch van Appeldorn war jetzt hereingekommen.

«Dat et heutzutage noch jemand gibt, der kein Handy hat!», murmelte Ackermann kopfschüttelnd, aber niemand antwortete ihm.

«Was schätzt du, Klaus, wie lange ist er tot?», fragte Schnittges.

Van Gemmern kniff missbilligend die Lippen zusammen, besann sich dann aber. «Nicht viel länger als zwei Stunden, aber nagelt mich nicht darauf fest. Ich habe schon in der Pathologie angerufen, Bonhoeffer müsste bald hier sein.» Dann drückte er van Appeldorn zwei der Plastiktüten in die Hand, die mit dem Autoschlüssel behielt er. «Ein Citroën», sagte er. «Davon dürften hier nicht allzu viele herumstehen. Ich versuche gleich mal mein Glück.»

Van Appeldorn brummte zustimmend und fasste Schnittges an der Schulter. «Komm», sagte er. «Peter wartet in der Kneipe. Der Wirt hat uns einen Raum zur Verfügung gestellt.»

«Un' ich?», fragte Ackermann vorsichtig, was bei van Appeldorn zu einem tiefen Seufzen führte. «Dann komm, in Gottes Namen, mit, wenn du sowieso schon da bist.»

Auf dem Weg ins Restaurant berichtete er ihnen das wenige, das er bis jetzt herausgefunden hatte: Bei «Ophey» im Saal wurde heute eine Hochzeit mit über hundert Gästen gefeiert. «Hundert Leute?» Schnittges stöhnte. Es würde Stunden dauern, die Gäste einzeln zu befragen.

«Ich bin ja auch noch da», meldete sich Ackermann, «un' die grünen Jungs helfen bestimmt gerne.»

Van Appeldorn nickte zustimmend und fuhr mit seinem Bericht fort: Gegen Viertel nach acht war der Vater der Braut, ein Herr Wagner, nach draußen gegangen, weil er die Notizen für die Rede, die er halten sollte, in seinem Auto vergessen hatte. Dabei hatte er auf dem Parkplatz den Toten entdeckt.

«Er ist dann sofort in den Saal zurück und hat den Wirt verständigt, der die Zentrale angerufen hat. Der ist übrigens ganz pfiffig, der Wirt. Hat sich in die Tür gestellt und dafür gesorgt, dass keiner von den Gästen nach draußen ging, und hat gleichzeitig den Parkplatz im Auge behalten. Erst als wir kamen, hat er seinen Posten verlassen. Wagner sagt, er hätte den Toten vorher noch nie gesehen, er wäre auf keinen Fall auf dem Fest gewesen. Aber ich bin mir nicht sicher, was seine Aussage angeht. Der Mann ist ziemlich von der Rolle, und nüchtern ist er auch nicht mehr.»

Der Hochzeitsgesellschaft hatte es gründlich die Stimmung verhagelt. Die Leute standen in kleinen Gruppen zusammen und sprachen leise miteinander. Die Mitglieder einer Vier-Mann-Combo hatten ihre Instrumente weggestellt und stierten gelangweilt vor sich hin. Das opulente Nachspeisenbüfett war so gut wie unberührt.

Als die Kripoleute hereinkamen, verstummten die Gespräche, und die Braut im traditionellen Sahnebaiserkleid versuchte, die Männer mit Blicken zu erdolchen.

«Et is' aber auch 'n Schand», flüsterte Ackermann. «Dat soll schließlich der schönste Tag im Leben sein, un' dann so wat.»

Van Appeldorn räusperte sich. «Guten Abend, van Appeldorn, Kripo Kleve. Wir möchten gleich mit Ihnen allen kurz reden. Es dauert nur noch einen Moment.»

«Hier entlang», rief der Wirt vom Tresen her und zeigte auf den Durchgang hinter sich.


Peter Cox wartete in einer Kammer, in der überzählige Tische und Stühle gelagert wurden. Die Luft war voller Staub, obwohl das Fenster weit geöffnet war.

Cox hatte einen Tisch in die Mitte geschoben und holte Stühle heran. Als er Ackermann erblickte, hielt er inne. «Was machst du denn hier?»

Ackermann verdrehte die Augen. «Ich war auf Besuch bei Bernie.»

Von draußen hörte man das empörte Geschnatter einer Ente und wildes Geplätscher, jemand hupte.

Sie setzten sich.

«Der Tote hat keine Papiere bei sich», sagte van Appeldorn. «Nur einen Autoschlüssel, den Klaus auf dem Parkplatz ausprobieren will, und das hier.» Er zeigte Cox die beiden Plastikbeutel.

Ackermann zog den mit dem Schlüssel zu sich heran. «Dat könnt 'n Hotelschlüssel sein. Auf dem Anhänger is' 'ne ‹3› eingebrannt.»

«Hier im Hotel hat er jedenfalls nicht gewohnt», bemerkte Cox. «Der Wirt sagt, er hat an diesem Wochenende nur eine Frauengruppe aus Münster zum Wellnessurlaub da. Ist Bonhoeffer schon gekommen?»

«Nein», antwortete van Appeldorn, «aber Klaus ist heute ausgesprochen leutselig. Er sagt, der Mann wäre vermutlich vor zwei Stunden gestorben.»

Schnittges schaute auf seine Uhr. «Es bedeutet wahrscheinlich nichts, aber vorhin haben drüben auf dem Feld ein paar Männer geschossen, sahen aus wie Jäger. Das war um 19 Uhr 8.»

Cox lachte leise. «Du hast auf die Uhr geguckt. Das kenne ich, Bullenreflex.»

«Denks' du etwa, dat war 'n Jagdunfall?», rief Ackermann. «Im Leben nich'! Bei dem Geschoss?»

«Ich denke gar nichts», gab Schnittges zurück. «Ich wollte es nur erwähnen.»

Aber Ackermann ließ nicht locker. «Auf wat sind die denn gegangen? Et is' nämlich überhaupt keine Jagdsaison, soviel ich weiß.»

«Ich habe keinen blassen Schimmer», meinte Schnittges geduldig. «Auf Vögel vielleicht?»

«Dat kann, doch, dat könnte sein ...»

«Dann nehmen wir uns jetzt erst einmal die Leute im Saal vor», entschied van Appeldorn und blickte Schnittges an. «Wie sähe deine Personenbeschreibung aus, Bernie?»

Schnittges schloss kurz die Augen, bevor er sprach: «Junger Mann, Anfang bis Mitte zwanzig, etwa eins achtzig groß, schlank, kurzes rotblondes Haar, blaue Augen, Sommersprossen, gepflegte Erscheinung. Hellgrauer Anzug, Einreiher, grau-weiß gestreiftes Hemd, dunkelrote Krawatte, uni, schwarze Lederschuhe, schwarzer Gürtel.»

**Zwei** Zu der Hochzeitsgesellschaft hatte der Mann nicht gehört, das war schnell klar, und es schien ihn auch keiner von den Gästen zu kennen. Schüsse wollte auch niemand gehört haben, das sei auch nicht weiter verwunderlich, belehrte man die Kripoleute, schließlich habe die Band gespielt.

Erst als sie zum Schluss das Personal befragten, hatten sie Glück; der Wirt und eine der Kellnerinnen glaubten, den Toten zu kennen.

Van Appeldorn atmete hörbar auf. «Dann kommen Sie doch bitte mit uns nach nebenan.»

Ackermann hielt die Tür zur Kammer weit auf. «Immer rein inne Sardinenbüchse!»

Es stellte sich heraus, dass der junge Mann in der vergangenen Woche dreimal bei «Ophey» gegessen hatte.

«Kam jedes Mal so gegen sieben, Viertel nach sieben», sagte die Kellnerin. «Ich glaube, das war am Montag, am Dienstag und am Donnerstag.»

«Stimmt genau», bestätigte der Wirt. «Hat immer Wasser getrunken und nach dem Essen 'n Grappa.»

«Wie hieß der Mann?», fragte van Appeldorn.

«Keine Ahnung», antworteten die beiden wie aus einem Mund, dann fuhr der Wirt fort: «Ich hab schon darüber nachgedacht, von wegen Kreditkarte, aber Essig, der hat immer bar bezahlt.»

«Und das da ist sein Portemonnaie», meinte die Kellnerin und zeigte auf den Plastikbeutel, der immer noch auf dem Tisch lag. «Ist mir aufgefallen, weil das doch eine komische Farbe ist für einen Mann.»

«Von hier kam der nicht», unterbrach sie der Wirt. «Das ist schon mal sicher. Sprach auch nicht so, obwohl, viel gesagt hat der sowieso nicht. Jedenfalls würden wir ihn kennen, wenn er aus Kessel käm'. Vielleicht hatte der ja geschäftlich hier zu tun, obwohl, für einen Geschäftsmann war er ja ein bisschen jung. Obwohl, aussehen tat er danach, ich mein', immer im Anzug und so.»

«Wenn der geschäftlich hier war, dann hat er vielleicht wat mit de Kiesbaggerei zu tun», überlegte Ackermann.

«Hab ich auch schon drüber nachgedacht», stimmte der Wirt ihm zu. «Besonders, weil die da doch gerade wieder ein neues Stück erschließen wollen.»

«Fällt Ihnen sonst noch etwas zu dem jungen Mann ein?», unterbrach van Appeldorn ihre Spekulationen.

«Tut mir wirklich leid», meinte die Kellnerin, und der Wirt schüttelte bedauernd den Kopf.

«Hören Sie sich doch mal im Dorf um», riet er ihnen im Hinausgehen. «Wenn hier ein Fremder rumläuft, fällt das auf.»

«Da wären wir von selbs' gar nich' draufgekommen», murmelte Ackermann.

Sie waren gerade dabei, ihre Sachen zusammenzupacken, als van Gemmern kam.

«Der Leichenwagen ist da. Soll er ihn einpacken?»

«Ist Bonhoeffer denn schon fertig?», wunderte sich Cox.

«Jap, ist schon wieder weg, hatte keine Zeit. Todeszeitpunkt zwischen 18 Uhr 30 und 19 Uhr 30. Hochgeschwindigkeitsgeschoss, Patronenhülse haben wir noch nicht. Bonhoeffer kennt einen Waffenexperten, den ich gern hinzuziehen würde, einen Herrn von Rath.»

«Guntram von Rath», fiel ihm Ackermann ins Wort. «Den kenn ich, der hat in Grunewald 'n Schießstand unter sich. Guter Mann.»

«Fein», sagte van Gemmern trocken. «Ich habe das Auto gefunden, zu dem der Schlüssel passt, Düsseldorfer Kennzeichen. Hier, ich habe es notiert.» Er legte einen Zettel auf den Tisch. «Der Wagen ist innen wie geleckt, keine Papiere, nichts. Außen nicht mehr so, wie auch alle anderen Autos, auf denen sich der Schädel verteilt hat. Die dürfen nicht vom Fleck bewegt werden, bis ich mit denen fertig bin, und das kann eine Weile dauern.»

«Das wird die Leute draußen im Saal sicher noch heiterer stimmen», frotzelte Cox, schnappte sich den Zettel mit dem Autokennzeichen und ging zur Tür. «Ich mach mal über Funk die Halterabfrage.»

«Es gibt da ein Problem», fuhr van Gemmern fort. «So wie es aussieht, hat der Schütze in dem angrenzenden Gehölz gestanden, und da wird die Suche nach Spuren und nach der Patrone schon bei Tageslicht schwierig genug. Jetzt ist sie auf alle Fälle unmöglich.»

«Dann müssen wir das Waldstück schleunigst absperren lassen.» Van Appeldorn stand auf, aber van Gemmern winkte ab. «Schon erledigt.»

«Okay, dann mach Schluss für heute», sagte van Appeldorn. «Ich lasse über Nacht Wachen an der Absperrung.»

Sie gingen gemeinsam hinaus. Inzwischen war es deutlich abgekühlt – es war eben doch erst April –, und Schnittges fröstelte. In der Eile vorhin hatte er ganz vergessen, einen Pullover mitzunehmen.

Peter Cox saß in einem der Streifenwagen am Funk und schrieb sich etwas auf. Schließlich kam er zu ihnen. «Der Halter ist ein gewisser Sebastian Finkensieper, geboren am 26. Juni 1980, wohnhaft 40545 Düsseldorf, Kaiser-Wilhelm-Ring 219. Die K-Wache fährt die Adresse an. Sie melden sich gleich.»

«Vom Alter her könnt' dat unser Jung sein, aber weiß man et?», meinte Ackermann.

«Kümmerst du dich um den Rest, Peter?», fragte van Appeldorn. «InPol-Anfrage, EMA-Daten, die ganze Palette. Am besten, du fährst ins Büro.»

Peter Cox deutete einen Salut an. «Ich denke, ich schalte auch die Zentralstelle in Berlin ein. Ich kann mir nämlich nicht vorstellen, dass so ein junger Kerl kein Handy hat.»

Als er zu seinem Wagen ging, den er hinter dem Hotel geparkt hatte, hörte er, wie im Saal ein Tumult ausbrach.

Anscheinend hatte van Gemmern den Gästen gerade mitgeteilt, dass sie ihre Autos stehenlassen mussten.

«Zwanzig nach eins», stellte van Appeldorn fest. «Da werden wir die Anwohner wohl erst morgen befragen.»

«Heute», korrigierte ihn Ackermann. «Also, ich geh' ja gerne Klinken putzen. Un' ich kenn mich auch 'n bissken aus hier. Da vorne auf der rechten Seite am Baggerloch steht nur ein Haus. Da wohnt Kurt Goossens. Der war hier vor Jahren ma' Ortsvorsteher, bis se den Titel abgeschafft haben. Hat gut anne Kiesbaggerei verdient, bei dem Grund, der dem gehört hat. Is' übrigens auch der Jagdpächter hier. So an die hundertachtzig, zweihundert Hektar, würd' ich schätzen.»

«Ackermann», presste van Appeldorn zwischen den Zähnen hervor.

Jupp Ackermann hob die Hände und grinste versöhnlich. «Ich weiß, ich weiß, is' ja schon gut. Also, geradeaus is' nur Wasser, un' anner Ecke links kommt der Reiterhof. Dat heißt, wenn man die Straße langgeht, liegt der natürlich rechter Hand. Un' ich mein', wenn Bernie dahinten die Schüsse von den Jägern gehört hat, dann müsste man auch die Leute fragen, die vorne am Seeweg wohnen. Nicht wegen de Jäger, sondern wegen dem anderen Schuss …» Er brach ab und runzelte die Stirn. «Wenn der da vorne aus dem Büschken gekommen is', dann muss dat aber 'n Superschütze gewesen sein. Dat sind doch sicher gut hundertfuffzig Meter, wenn nich' sogar noch mehr.»

Sie schwiegen einen Moment.

«Was ist mit dem Hotelschlüssel?», fragte Schnittges dann. «Wir könnten uns das Branchenbuch vornehmen und die Hotels in der Umgebung abtelefonieren.»

Van Appeldorn machte eine vage Kopfbewegung. «Der Schlüssel sieht mir nicht so aus, als würde er zum Ersten Haus am Platz gehören, und dass die kleineren Klitschen einen Nachtportier haben, bezweifele ich. Nun denn, van Gemmern soll auf alle Fälle ein Foto von dem Schlüssel machen, das können wir dann zur Not an die Presse geben.»

Er zwinkerte, seine Augen waren trocken vor Müdigkeit.

Der Kollege vom Streifenwagen kam zu ihnen herüber. «Die K-Wache D'dorf hat sich gemeldet. An der besagten Adresse steht Finkensieper auf dem Klingelschild, aber da ist keiner zu Hause.»

«Danke.» Van Appeldorn unterdrückte ein Gähnen. «Ich fahre noch ins Präsidium und gucke, wie weit Peter gekommen ist. Und Helmut muss ich auch noch anrufen. Mach du Schluss für heute, Bernie. Team dann früh um halb acht.»

Schnittges rieb sich die Arme. «Mir ist schweinekalt. Kannst du Jupp und mich bei mir zu Hause absetzen, liegt an deinem Weg.»


Peter Cox steckte sein Handy wieder ein und lächelte versonnen vor sich hin.

Am Britischen Ehrenfriedhof war er auf den Parkplatz gefahren und hatte Penny angerufen – so viel Zeit

25

musste sein. Sie hatte noch nicht geschlafen, sondern auf ihn gewartet und dabei offenbar munter weiter in ihrem neuen Heim gewerkelt.

Es war alles so rasend schnell gegangen mit ihnen beiden, aber er fühlte sich kein bisschen überfahren, nicht einmal verwirrt. Penny Small, eine Kollegin aus Worcester, und er hatten sich erst im vergangenen Frühling kennengelernt, als sie für kurze Zeit bei ihnen im Team mitgearbeitet hatte, und waren sich sofort sehr nahegekommen.

Beide hatten sie nicht einen Augenblick daran gezweifelt, dass sie zusammenbleiben würden, und Penny, die einen englischen Vater und eine deutsche Mutter hatte und beide Sprachen fließend beherrschte, hatte sich kurzerhand auf einen Posten beim KK 11 beworben. Eigentlich war es aussichtslos gewesen, aber dann hatte Astrid Steendijk, Toppes Lebensgefährtin, ihren Job bei der Kripo von heute auf morgen an den Nagel hängen müssen, nur dadurch war eine Stelle frei geworden. Seitdem glaubte Cox an das Schicksal.

Penny war kein Mensch, der halbe Sachen machte, und hatte ohne langes Federlesen ihr kleines Haus in England verkauft und mit ihm zusammen das Haus in Kleve angeschafft, in dem sie jetzt seit fast vier Wochen campierten – Wohnen konnte man es noch nicht nennen. Es war ein schönes altes Haus oben an der Lindenallee, aber es musste noch sehr viel daran getan werden, nur deshalb hatten sie es überhaupt so günstig bekommen können.

Und so mutierte Peter Cox, der in seinem ganzen Leben nicht einmal eine Wand gestrichen, geschweige denn einen Parkettboden verlegt oder ein Dach isoliert hatte, jetzt in jeder freien Minute zum Heimwerker, und mit Penny zusammen, die handwerklich mehr als geschickt war und eine Engelsgeduld hatte, genoss er jeden Moment davon.

Cox ließ den Wagen an und schmunzelte in sich hinein. Zum ersten Mal war sein Leben rund, und daran konnte auch dieser Mord nichts ändern.

**Drei** Norbert van Appeldorn ärgerte sich – es war schon beinahe acht Uhr, als er endlich im Büro ankam, wo alle anderen, selbst Helmut Toppe, schon auf ihn warteten.

Sein kleiner Sohn zahnte gerade, und van Appeldorn hatte sich bis halb sechs in der Frühe mit seiner Frau abgewechselt, den Kleinen zu trösten und herumzutragen. Natürlich hatte er dann den Wecker nicht gehört.

Als er zum zweiten Mal geheiratet und auch noch einmal ein Kind bekommen hatte, hatte er sich fest vorgenommen, ab jetzt die Fälle, die er gerade bearbeitete, draußen vor der Haustür zu lassen und sich ausschließlich um seine Familie zu kümmern. Zwar leitete er nun die Mordkommission, aber er wollte sich hüten, denselben Fehler wie Helmut zu machen, der für die Dauer einer Ermittlung nie auch nur eine Sekunde abschalten und sich ausklinken konnte und dessen erste Ehe wohl auch darüber zerbrochen war.

Er ärgerte sich nicht nur über sein Zuspätkommen, er war auch ein bisschen traurig. Morgen wurde Paul ein Jahr alt, und sie hatten Helmut, Astrid und deren kleine Tochter Katharina, die ganz vernarrt in Paul war, eingeladen, am Nachmittag mit ihnen zusammen ein wenig zu feiern. Aber daraus würde jetzt wohl nichts werden. So viel zum Thema: den Fall draußen vor der Haustür lassen …

«Tut mir leid, aber Paul kriegt gerade Zähne und hat die halbe Nacht geweint.»

Toppe lächelte ihm verständnisvoll zu.

«Viel war von deiner Nacht ja sowieso nicht mehr übrig», bemerkte Cox und reichte ihm einen Becher Kaffee, in den er zwei Stücke Zucker und einen Löffel gegeben hatte.

«Also, dann lege ich mal los», sagte er und breitete seine Notizen vor sich aus. «Sebastian Finkensieper, geboren am 26. Juni 1980, in Goch übrigens. Adresse kennt ihr ja. Vorstrafen hat er keine. Er ist Rechtsanwalt, allerdings, soweit ich bis jetzt feststellen konnte, nicht selbständig. Eine Vermisstenanzeige liegt nicht vor, ist aber vielleicht auch noch zu früh. Er besitzt ein Handy, Berlin hat den Provider gefunden. Ich habe die Handynummer angerufen, aber der Apparat ist ausgeschaltet. Unsere Kollegen in Düsseldorf haben die Personenbeschreibung und werden sich bei den Wohnungsnachbarn am Kaiser-Wilhelm-Ring umhören, und sie versuchen auch herauszufinden, wo Finkensieper gearbeitet hat. Das läuft aber alles im Moment nur mit halber Kraft, schließlich ist Sonntag.»

«Es wäre wohl einfacher, wenn die Kollegen ein vernünftiges Foto des Mannes hätten», sagte Penny und schaute Cox an. «Du hast erzählt, dass das halbe Gesicht noch intakt ist. Denkt ihr, van Gemmern oder Bonhoeffer könnten am PC das Gesicht so rekonstruieren, dass man ein annehmbares Bild bekommt?»

Cox wiegte den Kopf. «Möglich, vielleicht, aber das müsste dann Bonhoeffer übernehmen. Klaus gräbt bereits in Kessel den Wald um, und das wird vermutlich eine Weile dauern. Ach, Norbert, Arend hat die Obduktion für halb zehn angesetzt. Soll ich das dieses Mal übernehmen? Dann kann ich ihn auch gleich fragen.»

«Ja, sicher, prima», antwortete van Appeldorn und rührte weiter seinen Kaffee um, der glühend heiß war. Keiner von ihnen riss sich darum, bei einer Leichenöffnung dabei zu sein, und man versuchte, diese Aufgabe so gerecht wie möglich zu verteilen.

Toppe stand auf, setzte sich auf die Fensterbank, die früher einmal sein Stammplatz gewesen war, lockerte die Krawatte und öffnete den obersten Hemdknopf. Er hatte sich noch immer nicht an die Chefuniform gewöhnt, die er jetzt oft tragen musste, wohlfühlen würde er sich darin nie, das wusste er.

«Ich fasse es mal für mich selbst zusammen», sagte er ruhig und fixierte einen Punkt an der gegenüberliegenden Wand. «Der Tote hatte keinen Ausweis dabei, keinen Führerschein, keine Autopapiere und auch kein Handy, obwohl er eins besitzt. Darüber hinaus fehlen auch seine Wohnungsschlüssel. Möglicherweise war der Mann auf diesem Parkplatz, weil er, wie schon dreimal in der vergangenen Woche, bei ‹Ophey› zu Abend essen wollte. Wenn das hier tatsächlich ein Hotelschlüssel ist, und danach sieht es ja aus, hat er seine Sachen vielleicht im Hotelzimmer gelassen.»

«Auch sein Handy?», wunderte sich Cox. «Ein Anwalt, der sein Telefon nicht dabeihat? Kann ich mir nicht vorstellen.»

«Vielleicht hat ihm ja der Mensch, der ihn erschossen hat, die Sachen nach der Tat abgenommen, damit Finkensieper nicht so schnell identifiziert werden kann», warf Penny ein. «Obwohl das natürlich ziemlich riskant gewesen wäre mit hundert Leuten im Festsaal, von denen jederzeit jemand hätte herauskommen können», überlegte sie weiter. «Und dann hätte man ihm ja wohl auch seine Autoschlüssel weggenommen.»

«Ja», bestätigte Toppe. «Dem Täter scheint es doch um eine möglichst sichere Deckung gegangen zu sein. Er wollte um keinen Preis gesehen werden, sonst hätte er nicht aus einer so großen Distanz geschossen und dabei das Risiko in Kauf genommen, nicht zu treffen.»

«Für einen Profikiller ist diese Distanz ein Klacks», meldete sich Bernie Schnittges zum ersten Mal zu Wort. «Oder habt ihr etwa noch nicht daran gedacht?»

«Okay», sagte er, als die anderen nicht sofort antworteten, «soll ich mich jetzt mal ans Telefon hängen und die umliegenden Hotels anrufen?»

«Gleich», antwortete van Appeldorn. «Wir sollten erst mal unsere nächsten Schritte in Kessel abstimmen. Mich interessieren zum Beispiel deine Jäger. Wo genau haben die denn auf dem Feld gestanden? In der Nähe des Dickichts?»

«Nein, mehr am anderen Ende, so zwei-, dreihundert Meter weg.»

«Auf alle Fälle waren sie um die Tatzeit herum dort draußen und haben vielleicht jemanden bemerkt. Und dann natürlich ihre Waffen», grübelte er laut weiter. «Wir müssen die Waffen einsammeln und untersuchen. Aber erst einmal müssen wir herausfinden, wer die Jäger waren.»

«Na, das ist doch einfach», sagte Schnittges. «Jupp kennt doch den Jagdpächter, der wohnt sogar in der Nähe vom Tatort.»

«Ackermann gehört nicht zur Mordkommission», entgegnete van Appeldorn schroff.

Schnittges zog die Augenbrauen hoch. «Tut mir leid, wenn ich das so offen sage, aber ich halte es für falsch, Jupp nicht hinzuzuziehen. Schließlich weiß er ganz gut über das Dorf Bescheid und kennt die Leute dort – wir nicht.»

Van Appeldorn biss sich auf die Lippen und warf einen kurzen Blick zu Toppe hinüber. Der schüttelte den Kopf. «Das ist deine Entscheidung, Norbert. Ich habe jedenfalls nichts dagegen.» Dann rückte er seinen Schlips zurecht. «So, ich muss jetzt los. Ich habe um neun einen Termin und brauche dafür noch ein paar Unterlagen aus meinem Büro.»

In der Tür stieß er um ein Haar mit Ackermann zusammen, der wie immer viel zu schnell unterwegs war.

«Hoppala, nix für ungut, Chef. Un' tschö!», rief er

Toppe hinterher und stolperte ins Büro. «Ich hab mich ma' umgehört wegen dem Hotelschlüssel», begann er, aber da klingelte das Telefon, und Cox brachte ihn mit einer Handbewegung zum Schweigen, während er den Hörer abnahm.

«Mordkommission, Cox am Apparat.»

…

«Sehr gut, vollkommen richtig.»

…

«Ja, die Nummer 3.»

…

«Richtig, Finkensieper ist der Name.»

…

«Bitte sorgen Sie dafür, dass niemand das Zimmer betritt, Herr van Beek, wir sind in einer halben Stunde bei Ihnen. Geben Sie mir noch einmal Ihre Adresse?»

Als er aufgelegt hatte, grinste Ackermann über das ganze Gesicht. «Genau dat war et, wat ich sagen wollt'. Manfred van Beek is' der Einzige außer Ophey, der in Kessel Zimmer vermietet. Un' ich dacht', et könnt' nich' schaden, wenn man in dem seinen Gasthof ma' nachfragt. Dat war im Dorf doch sicher schon letzte Nacht wie 'n Lauffeuer rum, dat einer erschossen worden is'.»

«Van Beek will es erst heute Morgen erfahren haben», erwiderte Cox. «Es ist ihm zwar aufgefallen, dass sein Pensionsgast – sein einziger übrigens – gestern Abend nicht ins Hotel zurückgekehrt ist, aber er hat sich nichts dabei gedacht.»

Sie machten sich in zwei Autos auf den Weg nach Kessel.

Ackermann und Penny fuhren zum früheren Ortsvorsteher Goossens, um ihn nach den Jägern zu fragen, van Appeldorn und Schnittges wollten zum Dorfgasthof. Sie hatten Schutzanzüge und einen Spurensicherungskoffer mitgenommen, damit sie sich schon einmal in Finkensiepers Hotelzimmer umschauen konnten, bis van Gemmern die Zeit fand, sich den Raum gründlich vorzunehmen.

Van Appeldorn bog in die Straße ein, die direkt zum Tatort führte.

«Hier links wohne ich jetzt», erklärte Bernie. «Mein Wohnzimmer ist im ersten Stock. Von dort habe ich die Jäger gesehen.»

Van Appeldorn bremste kurz und ließ den Blick über das Feld schweifen. Im Waldstück am Ende wimmelte es von Polizisten, Toppe hatte offenbar eine ganze Hundertschaft abgestellt. Vermutlich war das Gebiet in Planquadrate aufgeteilt worden, und der Erkennungsdienst hatte eine Karte gezeichnet.

Sie fuhren weiter zum Parkplatz bei «Ophey», wo drei ED-Leute dabei waren, die Schädelreste, die auf den verschiedenen Autos klebten, sicherzustellen. Jetzt kam van Gemmern aus dem Gehölz heraus. Er ging auf die Stelle zu, an der man den Toten gefunden hatte, wobei er immer wieder stehen blieb und sich umdrehte.

Van Appeldorn stieg aus und wartete, bis van Gemmern bei ihm war. «Schon was gefunden?»

Klaus van Gemmern zog die Latexhandschuhe aus und wischte sich die feuchten Hände an seiner Hose ab. «Nicht viel, keine Patronenhülse bis jetzt, nur ein bisschen Wohlstandsmüll. Aber ich glaube, ich habe gerade die Stelle entdeckt, wo der Schütze gestanden hat. Spuren an einer Astgabel. Da könnte er das Gewehr aufgelegt haben.»

Auch Bernie Schnittges war ausgestiegen. «Schuhspuren?», fragte er.

Van Gemmern schüttelte unwillig den Kopf. «Allenfalls Teilabdrücke, der Boden ist sehr trocken.»

«Hallo, Sie da!»

An der Absperrung vor dem Hotel standen zwei Männer im feinen Zwirn, der kleinere der beiden war ganz offensichtlich aufgebracht.

«Wann bekommen wir endlich unsere Autos wieder?»

«Bald», rief van Gemmern zurück.

«Das will ich auch hoffen! Ich muss schließlich noch nach Heidelberg. Und, übrigens, wer zahlt mir eigentlich die Autowäsche?»

«Der Wirt hat einen Hochdruckreiniger», versuchte der andere, ihn zu beschwichtigen. «Den leiht er uns, ich habe schon gefragt.»

«Blödsinn!», schimpfte der Kleine. «Das wird ein Nachspiel haben, meine Herren, das schwör ich Ihnen.»

Van Appeldorn ignorierte ihn und wandte sich wieder an van Gemmern: «Wir sind auf dem Weg zu Finkensiepers Hotelzimmer. Gleich drüben im Ortskern, im Dorfgasthof van Beek.»

«Okay», sagte van Gemmern nur und zog ein frisches Paar Handschuhe aus der Hosentasche. «Ruft mich an, wenn ihr mich braucht.» Dann ging er.

«Ein komischer Heiliger», murmelte Schnittges.

Van Appeldorn lachte leise. «Aber hartnäckig. Wenn Klaus sich in etwas verbissen hat, stellt er sogar das Schlafen ein.»

Der Gasthof lag an einer Kreuzung mitten im Ort, ein alter Backsteinbau, der ganz offensichtlich früher einmal ein Bauernhof gewesen war. Der Schankraum – Eichentische mit über Eck gelegten altrosa Dralondeckchen, bajuwarisch anmutende Stühle und Bänke mit plüschigen Sitzkissen in oliv- und rosafarbenem Streifenmuster – war leer.

Hinter dem Tresen stand ein Mann und spülte Pilsgläser. Er war um die sechzig, hatte stumpfgraues, ehemals wohl blondes Haar und ebenso stumpfe braune Augen. Die geplatzten Äderchen auf der breiten Nase ließen darauf schließen, dass er selbst wohl einer seiner besten Kunden war.

«Sind Sie die Kripo?», rief er, als sie eintraten, und kam sofort, sich die Hände an einem fadenscheinigen Tuch abtrocknend, um die Theke herumgelaufen.

«Manfred van Beek», sagte er und streckte ihnen die Hand entgegen. «Ich bin der Inhaber.»

Van Appeldorn hielt sich nicht mit Floskeln auf, nannte ihm nur kurz ihre Namen und zeigte ihm den Beweisbeutel. «Gehört dieser Schlüssel zu Ihrem Haus?»

Van Beek warf einen flüchtigen Blick darauf. «Ja, das ist unser.»

«Hat Finkensieper früher schon einmal bei Ihnen gewohnt?», fragte Schnittges. «Kannten Sie ihn?»

«Nein», antwortete van Beek entschieden.

«Wann hat er denn das Zimmer bei Ihnen gemietet?», wollte van Appeldorn wissen.

Van Beek rieb sich den Nacken. «Das war wohl letzten Sonntag», sagte er. «Ich kann es Ihnen zeigen, er hat sich ja eingetragen. Hier geht nämlich alles mit rechten Dingen zu.»

Dann lief er vor ihnen her zu dem Ende des Tresens, wo neben dem Telefon ein großes Buch lag. Van Beek hatte es schon aufgeschlagen. «Hier, sehen Sie, das war am 15. April. Er muss so gegen vier Uhr angekommen sein. Wir hatten nämlich noch zu, und er musste klingeln.»

Schnittges blätterte eine Seite zurück, die vorletzte Eintragung war von August 2004.

«Wir haben nicht mehr so viele Gäste», erklärte van Beek hastig. «Sind ja auch nur noch drei Zimmer, den Anbau haben wir ganz geschlossen. Meiner Frau wird das nämlich alles zu viel.» Dann legte er den Kopf schräg. «Ist der wirklich erschossen worden?»

Auf eine Antwort wartete er nicht. «Gott, nein, das soll einer verstehen! Der war ein ganz netter Typ.»

«Was hatte Finkensieper hier eigentlich zu tun? Er wohnte doch in Düsseldorf.»

«Ja», nickte van Beek. «Das hat er ja auch in unser Buch eingetragen. Der war übrigens Anwalt.»

Van Appeldorn hatte seinen Notizblock hervorgeholt. «Wissen Sie, bei welcher Kanzlei er gearbeitet hat?»

«Nein, tut mir leid. Aber so richtig gesprächig war der auch nicht. Ich weiß bloß, dass der für irgendeine Auskiesungsfirma unterwegs war. Hat wohl mit ein paar Bauern verhandelt wegen Land und so. Aber fragen Sie mich nicht, mit wem, keine Ahnung. Wollen Sie jetzt sein Zimmer sehen?»

Er griff nach hinten, nahm einen Schlüssel vom Haken und ging zur Tür.

«Kommen Sie, wir müssen außen rum, der Eingang ist hinten.»

«Ist das der einzige Zugang zu den Fremdenzimmern?»

«Ja, genau.»

Sie folgten ihm auf einem schmalen Weg aus geborstenen Betonplatten hinters Haus, wo der Wirt eine dunkelgrüne Metalltür öffnete, die wohl schon etliche Male unfachmännisch überlackiert worden war.

«Sie hatten ja gesagt, ich soll dafür sorgen, dass keiner in das Zimmer kommt, bis Sie da sind. Und wie ich dann gucken gegangen bin, hab ich gemerkt, dass seine Zimmertür gar nicht abgeschlossen war. Dabei hatte ich es ihm noch extra gesagt. Die Hintertür ist nämlich tagsüber meistens offen, weil wir auch nur da durch in unsere Wohnung kommen.»

«Hier an Ihrem Hotelanhänger ist nur ein Schlüssel», bemerkte van Appeldorn.

«Das ist richtig. Der passt hier unten und auf die Zim-

38

mertür. Hab ich damals extra so machen lassen. Die Tür von Nummer ‹3› hab ich vorhin aber abgeschlossen, wie Sie gesagt haben. Ist da oben.» Er zeigte auf eine schmale Holzstiege, die ein roter Perserläufer zierte.

«Haben Sie das Zimmer vorher noch betreten?», fragte Schnittges.

«Ich bin doch nicht blöd! Sieht man doch jeden Tag im Fernsehen. Man kann ja alles Mögliche verlieren, Haare und Hautschuppen und so was, und dann macht man sich am Ende noch verdächtig.»

Schnittges grinste. «Eben.» Dann öffnete er den Spusikoffer, und sie zogen sich Schutzanzüge und Handschuhe an. Der Wirt beobachtete sie interessiert.

«Obwohl, ich dachte gerade», meinte er zögernd. «Sie finden da oben bestimmt Spuren von meiner Frau, die putzt da schließlich jeden Tag. Und von mir wohl auch. Staubsaugen muss ich nämlich, meine Frau kann nämlich nicht mehr so.»

«Das kriegen wir schon hin, machen Sie sich mal keine Sorgen», beruhigte Schnittges ihn. «Wir kommen jetzt übrigens allein zurecht. Wenn wir fertig sind, melden wir uns bei Ihnen.»

Ackermann freute sich, dass er endlich Gelegenheit bekam, die kleine Engländerin ein bisschen näher kennenzulernen, und hatte es gar nicht so eilig, nach Kessel zu kommen.

«Der Ort ist nicht besonders groß, oder?», fragte Penny.

«Wie man 't nimmt», antwortete Ackermann. «Flächenmäßig war Kessel ma' eine der größten Gemeinden am Niederrhein, aber ich glaub', et wohnen nur an die zweitausend Leute da, die meisten davon im Dorf. Mir wär' dat ja 'n bissken eng, aber kannste dir ja nachher ma' selbst angucken.» Er bog den Rücken durch und zog ein Päckchen Tabak aus der Hosentasche.

«Drehs' du uns ma' welche? Blättchen stecken innen.»

Penny Small hob abwehrend die Hände und schmunzelte. «Das kann ich gar nicht, Jupp. In dieses Geheimnis hat mich noch niemand eingeweiht.»

«Dann wird et aber höchste Zeit», lachte Ackermann. «Un' wie et der Zufall will, haste 'n Experten neben dir sitzen. Müssen wir uns demnächst ma' hinterklemmen. Aber egal jetz', wo war ich?» Er legte das Tabakpäckchen zwischen seinen Schenkeln auf den Sitz. «Jedenfalls sind die in Kessel kräftig am Bauen, nach ‹GochNess› hin runter. Dat war früher ma' 'n Baggerloch, is' jetz' 'n ganz schickes Schwimmbad mit allem Trara.»

«GochNess?» Penny schnaubte. «Wie albern.»

«Meine Rede», stimmte Ackermann ihr zu. «Hier sind übrigens überall Kiesgruben. Da haben sich so einige Kesseler dran gesundgestoßen. Jetz' wollen se, soviel ich gehört hab, wieder irgendwo losbaggern.»

Er setzte den Blinker und verlangsamte die Fahrt. «So, da sind wir. Da vorne wohnt Bernie jetz'.»

«Der ist in solch ein Kaff gezogen?»

«Ich versteh' et ja auch nich'.»

«Muss eine ganz schöne Umstellung sein, wenn man aus der Großstadt kommt. Was hat ihn eigentlich nach Kleve gezogen?»

«Och, vielleicht fand er unsere Truppe so nett, als er vor'ges Jahr bei uns ausgeholfen hat.» Ackermann griente. «Aber vielleicht steckt ja auch wat Privates dahinter wie bei dir ...»

«Eine Liebschaft?»

«Weiß man et? Er sagt, er kennt jemand in Kessel.»

Penny zeigte auf das buntbemalte Schild am Straßenrand: «Willkommen im Spargeldorf Kessel».

«Die bauen hier Spargel an?»

Ackermann nickte. «Schon seit Anfang der Fuffziger. Kessel is' berühmt dafür. Im Dorf gibbet bestimmt vier oder fünf Restaurants, die auf dat Gemüse spezialisiert sind. Im Mai un' Juni kommen die Leute von wer weiß woher.»

«Muss ich mir merken.»

«Stehs' du etwa auf dat Stängelzeug? Ich persönlich hab et da ja nich' so mit, eigentlich kannste mich damit jagen. Einmal hat mein Guusje mich breitgeschlagen, dat is' aber bestimmt schon zwanzig Jahr' her. Da hat se mich nach Kessel geschleift in so 'n Laden, wo man nur inne Spargelzeit essen konnt'. Sons' war dat 'n ganz normaler Bauernhof. Ich glaub', die haben einfach ihr Wohnzimmer ausgeräumt un' 'n paar Tische reingestellt. Mann, wat hat dat dadrin nach Stall gestunken!»

**Vier** Die Obduktion hatte nicht lange gedauert, das Opfer war, bis auf die Schädelverletzung, unversehrt und kerngesund gewesen. Auch die Rekonstruktion des Gesichts am PC war, dank Bonhoeffers neuem Computerprogramm, schneller gegangen, als Cox gedacht hatte. Trotzdem fühlte er sich angeschlagen, vielleicht lag es daran, dass der Mann noch so jung gewesen war.

Zurück im Präsidium, brachte er die Fingerabdrücke, die der Pathologe dem Toten abgenommen hatte, ins Labor und rief dann van Appeldorn auf dem Handy an: «Ich habe jetzt ein ganz ordentliches Foto, das ich den Düsseldorfern rübermaile. Soll ich einen Stapel Kopien machen und euch bringen? Bei der Anwohnerbefragung werdet ihr mich doch sicher auch gebrauchen können, oder?»

«Schick lieber jemand anderen mit den Fotos. Unser Opfer hat sich hier im Gasthof als ‹Sebastian Finkensieper› eingetragen, wir können also ziemlich sicher sein, dass er es tatsächlich ist.»

«Ist gut», erwiderte Cox, «dann finde ich mal heraus, wer seine nächsten Angehörigen sind.»

Van Appeldorn steckte sein Telefon wieder ein und schälte sich weiter aus dem Schutzanzug. Schnittges rollte seinen zusammen und steckte ihn in eine Tüte. «Hier ist eindeutig was faul», meinte er grimmig.

In Finkensiepers Hotelzimmer, einem trostlosen Raum mit beigefarbener Textiltapete und billigen Kiefernmöbeln, hatten sie bis auf eine Reisetasche, Kleidung, Schuhe und Waschzeug nicht das Geringste gefunden. Kein Handy, keine Papiere, keine Schlüssel, nicht einmal ein Buch oder eine Zeitschrift, nicht das kleinste Fitzelchen Papier.

Manfred van Beek stellte gerade ein Tablett mit Tassen und einer Thermoskanne auf einen Tisch am Fenster, als sie in die Gaststube zurückkamen. «Da sind Sie ja wieder! Ich habe Kaffee gekocht.»

«Für mich nicht, danke», sagte van Appeldorn. «Setzen Sie sich bitte.»

Van Beek gehorchte. «Was ist denn los?»

«Das wüssten wir auch gern», erwiderte Schnittges und setzte sich ebenfalls hin. «Im Zimmer haben wir bis auf Finkensiepers Kleidung absolut nichts gefunden.»

«Das versteh ich nicht.» Van Beek schüttelte den Kopf. «Wo ist denn sein Laptop?» Dann riss er die Augen auf. «Meinen Sie, den hat jemand geklaut? Meinen Sie, bei uns ist eingebrochen worden?»

«Wenn alle Türen offen stehen, kann man wohl kaum von Einbruch sprechen», brummte Schnittges.

Van Appeldorn schlug seinen Notizblock auf. «Wann haben Sie Finkensieper zum letzten Mal gesehen?»

«Gestern Morgen beim Frühstück.» Van Beek musste nicht lange überlegen. «Das habe ich ihm selbst gebracht.

Hier an diesem Tisch hat er gesessen. Und dann ist er gegangen. Das war wohl so gegen neun.»

«Hatte er seinen Laptop dabei?», fragte Schnittges.

«Ja, sicher, und sein Handy auch.»

«Und danach haben Sie ihn nicht mehr gesehen. Ihre Frau vielleicht?»

«Meine Frau ist Freitag zu ihrer Schwester gefahren. Die kommt erst heute Abend wieder.»

«Wo waren Sie gestern zwischen 18 und 20 Uhr?», wollte van Appeldorn wissen.

«Ich?», sagte van Beek verblüfft. «Ich war auf der Jagd. Tauben, wissen Sie. Wir haben uns um vier Uhr getroffen und erst Schluss gemacht, als es zu dunkel wurde.»


Ackermann ließ den Wagen am Absperrband stehen und ging mit Penny am Wasser entlang zu Goossens' Haus.

«War das hier auch mal eine Kiesgrube?» Penny wunderte sich. «Das sieht eher aus wie ein See. Schön.»

«Tja, dat is' ja auch schon vor Jahren – wie sagt man noch – renaturiert worden. Wie dat ma' gewesen is', kannste da vorne sehen.» Er deutete auf das große kahle Wasser rechts hinter dem hohen Zaun.

Wie auf einer Insel zwischen den beiden Gewässern lag Goossens' Anwesen, ein spitzgiebeliges gelbes Haus, umgeben von einer Wiese, einem Obsthof und einem auffallend gepflegten Nutzgarten.

Als sie das Törchen im Jägerzaun öffneten, kamen wild bellend zwei große Jagdhunde angefegt. Penny machte einen Satz nach hinten.

«Aus!», brüllte Ackermann, aber das beeindruckte die Tiere überhaupt nicht.

Erst ein scharfer Pfiff vom Haus her brachte sie zur Räson. Sie machten auf der Stelle kehrt und liefen zu dem Mann, der in der Tür stand. Er musste weit über siebzig sein, hielt sich aber sehr gerade. Ein stattliches Mannsbild, würde meine Mutter wohl sagen, dachte Penny. Die buschigen Augenbrauen waren fast schwarz, auch im dichten Haar gab es nur ein paar Silberfäden.

Er fasste die Hunde bei den Halsbändern, zog sie ins Haus, schloss die Tür und wartete ruhig, bis die Besucher herangekommen waren.

«Ackermann!», grüßte er. «Und wer sind Sie?»

Goossens' Händedruck war so fest, dass Penny unwillkürlich aufstöhnte. Der Mann war früher Bauer gewesen, hatte Ackermann erzählt, aber nach seinem Landverkauf in den siebziger Jahren hatte er sich nur noch aufs Jagen und auf seine Aufgaben als Ortsvorsteher konzentriert.

«Gestern Abend ist drüben auf dem Parkplatz ein Mann erschossen worden», begann Penny.

«Ja, das hat man mir erzählt. Ich kann Ihnen dazu aber nichts sagen, ich war ab 20 Uhr auf einer Sitzung.» Er fixierte sie.

«Sein Name war Sebastian Finkensieper. Haben Sie ihn gekannt?»

«Persönlich bei mir vorgestellt hat er sich nicht, aber van Beek hat erzählt, dass dieser Mann im Auftrag der KGG Verkaufsverhandlungen mit einigen Grundbesitzern geführt hat.»

«Un' wat soll dat sein?», mischte sich Ackermann ein. «KGG?»

«Kiesgewinnungsgesellschaft», antwortete Goossens mit einem Lächeln. «Sitzt in Düsseldorf.»

«Un' mit wem von de Buren hat er verhandelt?»

«Das weiß ich nicht.»

«Ach komm, Goossens», entgegnete Ackermann verschmitzt. «Du wills' mir doch nich' weismachen, dat im Dorf irgendwat passiert, wat du nich' mitkriegs'!»

Goossens' Miene verdüsterte sich. «Mit dem Kies ist das heikel geworden. Es gibt mittlerweile eine Menge Volk, das dagegen ist. Wenn heutzutage einer mit der KGG verhandelt, dann hält er sich bedeckt, das kannst du mir glauben.»

«Gestern Abend gegen 19 Uhr sind auf dem Feld am Seeweg ein paar Jäger beobachtet worden», nahm Penny ihren Faden wieder auf.

«Jagdausübungsberechtigte, um korrekt zu sein.» Goossens lachte. «In dem Fall kann ich sogar mit Namen dienen. Das waren Manfred van Beek, Adolf Pitz, Hans-Jürgen Küppers und meine Wenigkeit.»

«Auf wat seid ihr denn gegangen?», fragte Ackermann neugierig. «Is' doch keine Saison, oder?»

«Da hast du recht. Aber wir haben hier im Moment eine Taubenplage, und jetzt ist gerade der Raps ausgesät worden. Also habe ich mir als Jagdpächter bei der Unteren Jagdbehörde eine Sondergenehmigung geholt. Keine große Sache.»

«Mit welcher Munition schießt man auf Tauben?»

46

Goossens blickte Penny nachsichtig an. «Mit Schrot.»

«Der Schütze, den wir suchen, hat vermutlich im Gehölz dort vorne gestanden …»

«Im Busch, meinen Sie?»

Ackermann dauerte das alles zu lange. «Wat wir wissen wollen, is', ob ihr jemand in dem Büschken gesehen habt, oder inne Nähe davon.»

Goossens schüttelte den Kopf. «Ich habe keinen gesehen. Die anderen müsst ihr schon selber fragen.»

«Machen wir, machen wir, aber sag ma', du has' doch 'n geschultes Ohr, als Jäger, mein' ich. Ob einer mit Schrot schießt oder mit 'ner Kugel, ich meine zum Beispiel 'n Hochgeschwindigkeitsgeschoss, würd' man den Unterschied hören?»

«Der ist mit einem Hochgeschwindigkeitsgeschoss umgebracht worden?»

«Könnt' schon sein.»

«Natürlich würde man den Unterschied hören.»

«Un'? Haste wat gehört?»

Goossens hob die Schultern. «Wie denn? Wir haben mit vier Mann draufgehalten, das ist verdammt laut.»

Penny zog einen Kuli aus der Tasche. «Wie viele Leute jagen in Ihrem Revier?»

«Vierzehn.»

«Geben Sie mir die Namen und Adressen?»

«Ja gern, kommen Sie doch rein.»

«Dat is' gut, weil wir nämlich auch noch deine Waffen einsammeln müssen.»

«Meine Waffen?» Goossens war überrascht.

«Nich' bloß deine, alle Waffen in Kessel.»

«Natürlich.» Goossens nickte nachdenklich. «Ihr braucht die wohl für einen Beschuss. Habt ihr denn Projektile gefunden?»

«Die Spusi is' am Ball.»

«Hoffentlich dauert es nicht so lange, sonst bleibt von unserem Raps nicht mehr viel übrig.»


Cox hatte sich beim Zentralcomputer der Einwohnermeldeämter eingeloggt und war schnell fündig geworden.

Die Eltern des Toten hießen Rolf und Marita Finkensieper und wohnten in Radevormwald.

Das lag, soweit Cox wusste, im Bergischen Land.

Er rief die dortige Dienststelle an und hatte gleich einen ausgesprochen umgänglichen Kollegen am Apparat. «Kleve? Wo ist das denn?»

«Am Niederrhein. Ich bin auf der Suche nach Rolf und Marita Finkensieper, die bei Ihnen gemeldet sind.»

«Marita Finkensieper?», staunte der Kollege. «Das ist unsere Bürgermeisterin. Hat die etwa was ausgefressen?»

«Nein, nein», antwortete Cox und überlegte, wie er es am besten anstellen sollte. «Haben die Finkensiepers Kinder?»

«Einen Sohn, ja, den Sebastian. Der wohnt aber nicht mehr hier.»

«Leben Sie selbst schon lange dort?»

«Ich habe noch nie woanders gelebt.»

«Dann würde ich Ihnen gern mal ein Foto zumailen …»

«Nur zu!»

«Ich bleibe in der Leitung.»

Es dauerte keine Minute.

«Das ist der Sebastian», meinte der Kollege bedrückt. «Er sieht zwar irgendwie komisch aus, aber das ist Sebastian Finkensieper. Ist er … ist er tot?»

Cox erzählte ihm alles und erfuhr, dass die Eltern vor einer Woche in den Urlaub gefahren waren. «Sie sind auf einer Motorradrundreise durch Südamerika, kann auch Südafrika sein, so genau weiß ich das nicht. Die machen jedes Jahr so eine Tour.»

«Kann man sie denn irgendwo erreichen, über ihr Handy vielleicht?»

«Das finde ich heraus.»

Geschwister hatte Sebastian keine, von anderen Verwandten wusste der Kollege nichts, aber er wollte Finkensiepers Haushälterin fragen und sich dann so schnell wie möglich wieder melden.

Als sie sich gegen Abend alle wieder in Cox' Büro zusammensetzten, hatte van Appeldorn dröhnende Kopfschmerzen. Er brauchte dringend Schlaf. Die Anwohnerbefragung war ermüdend gewesen und hatte nichts gebracht.

Ackermann hatte insgesamt einundvierzig Gewehre eingesammelt und berichtete von dem Gespräch mit

Goossens. Sein launiger Ton ging van Appeldorn entsetzlich auf die Nerven, aber er hielt den Mund.

Cox machte sich eine Notiz. «Dann wissen wir jetzt, wo Finkensieper gearbeitet hat. Ich nehme morgen früh als Erstes Kontakt mit der KGG auf. Vielleicht bringt uns das Gespräch mit seinen Kollegen ja endlich ein Stück weiter.»

Am späten Nachmittag hatten sich die Düsseldorfer Kollegen gemeldet: Finkensieper hatte in einem Mietshaus mit acht Parteien gewohnt. Viel hatten seine Nachbarn über ihn nicht zu berichten gewusst, weil er erst vor einigen Wochen dort eingezogen war. Er hatte allein gelebt, immer freundlich gegrüßt, und das war es auch schon.

Auch der nette Kollege aus Radevormwald hatte angerufen. Die Haushälterin von Finkensiepers Eltern kannte keine weiteren Verwandten. Eine Urlaubsadresse hatte sie nicht, sie wusste nur, dass das Ehepaar in vierzehn Tagen wieder heimkommen würde.

«Bei der Stadtverwaltung hatten die aber die Handynummer von Frau Finkensieper», hatte er gesagt. «Als Bürgermeisterin muss sie wohl immer erreichbar sein. Ich habe die Nummer schon ein paarmal angewählt, aber ich komme nicht durch. Im Urwald gibt es bestimmt eine Menge Funklöcher. Doch ich gebe nicht auf. Sobald wir sie erreicht haben, melden wir uns.»

«Sind schon Spuren vom Tatort im Labor?», fragte van Appeldorn.

«Jede Menge. Ich habe die letzten beiden Stunden

damit verbracht, Akten anzulegen.» Cox rümpfte die Nase. «Müllakten.»

Alle Dinge, jede Schuh- oder sonstige Spur, die man am Tatort fand, wurden fotografiert, bekamen eine Nummer, eine Lagebeschreibung und eine eigene Akte.

Van Appeldorn spürte, wie ihm langsam übel wurde. «Van Gemmern ist wahrscheinlich noch nicht wieder da?»

«Nein, er hat sich auch nicht gemeldet.»

«Na gut», sagte van Appeldorn und rieb sich die Nasenwurzel. «Wir fahren morgen nach Düsseldorf», entschied er. «Zwei Teams, Bernie und ich schauen uns zusammen mit den Düsseldorfern in Finkensiepers Wohnung um, Ackermann und Penny fahren zur KGG. Du kannst uns gleich ankündigen, wenn du morgen früh mit denen telefonierst, Peter. Und dann machst du dich mal über Auskiesung sachkundig. Mich interessiert, welche Leute etwas dagegen haben und warum.»

«Jawoll, Boss!», antwortete Cox in einem Ton, der Penny zusammenzucken ließ.

«Wir machen besser Schluss für heute», sagte Ackermann. «Du bist weiß wie die Wand, Norbert, wie Käse, Milch und Spucke.»

Aber in diesem Moment klopfte es, und van Gemmern kam herein.

«Mit dem Hotelzimmer bin ich durch. Finkensiepers Fingerspuren konnte ich abgleichen – positiv. Die vom Wirt auch. Seiner Frau kann ich die Abdrücke erst morgen abnehmen, sie war noch nicht da.»

Schnittges deutete auf den freien Stuhl neben sich, aber van Gemmern beachtete ihn nicht.

«Ich habe mich mit Bonhoeffer und von Rath abgestimmt. Das Opfer ist von schräg vorn im rechten Schläfenbereich getroffen worden, aus einer Entfernung von hundertachtundsechzig Metern. Das Einschussloch hat einen Durchmesser von 5,6 Millimetern. Da der Kopf quasi pulverisiert wurde, können wir davon ausgehen, dass es sich um ein Hochgeschwindigkeitsprojektil gehandelt hat, um ein sogenanntes Zerlegungsgeschoss, das beim Aufprall zerplatzt. Solche Geschosse können aus normalen Repetiergewehren abgefeuert werden, zum Beispiel Remington, Winchester, Sauer …»

«Haben wir alles in unserer Sammlung», freute sich Ackermann, aber van Gemmern ließ sich nicht unterbrechen.

«… mit dem Kaliber .22 vermutlich. Ein solches Projektil erreicht mindestens die dreifache Schallgeschwindigkeit, fliegt mit 3500 Umdrehungen in der Sekunde, hat über 1000 PS und setzt Gase frei, die über 2000 Grad heiß sind.»

«Und wer benutzt solche Geschosse?», fragte Penny.

«Jeder Jäger, der auf Raubwild geht. Das sind normale Jagdpatronen. Es muss sich also bei dem Täter nicht um einen Profikiller handeln – woran auch ihr sicher schon gedacht hattet –, sondern einfach um einen guten Schützen, der sicher sein wollte, dass sein Opfer sofort tot war.»

«Mit einem Kleinkalibergewehr», ergänzte Schnittges.

«Genau», nickte van Gemmern. «Die entsprechenden Büchsen gebe ich morgen alle zum Beschuss. Aus vier der Schrotflinten ist übrigens gestern tatsächlich geschossen worden.» Er hob die Hand. «Ich habe die Namen …»

Schnittges' Handy klingelte. Er schaltete die Warnblinkanlage ein und lenkte den Wagen an den Straßenrand. Auf dem Display erschien eine wohlbekannte Nummer – Simone. Er zögerte nur einen kurzen Moment, dann drückte er das Gespräch weg. Was sollte das? Sie hatten es hundertmal besprochen, und sie hatten die Entscheidung gemeinsam getroffen. Warum tat sie ihm das jetzt an?

Seufzend rieb er sich das Gesicht. Bloß jetzt nicht nach Hause, dort würde er verrückt. Irgendetwas musste er heute Abend unternehmen. Es war noch nicht spät, vielleicht konnte er jemanden von der Schauspielertruppe besuchen. Lettie fiel ihm als Erste ein, heute Morgen auf dem Weg zur Arbeit war er an der Straße vorbeigekommen, in der sie wohnte. Sie lebte schon sehr lange in Kessel, und vielleicht konnte er so ganz nebenbei ein bisschen mehr über das Dorf erfahren, in dem dieser Junge, dessen Gesicht in der Rekonstruktion so beklemmend arglos ausgesehen hatte, umgebracht worden war. Letties Telefonnummer hatte er gespeichert.

«Bernie, Junge, das ist ja eine tolle Überraschung! Natürlich kannst du mich besuchen kommen. Das wird

mir den Abend versüßen, die anderen sind nämlich aus-
geflogen.»

Er wusste, dass sie mit zwei Freundinnen in einer
Kate direkt an der holländischen Grenze wohnte.

«Hoffentlich hast du noch nicht gegessen.»

**Fünf** *Deutschland ist Fußballweltmeister – nach zwanzig Jahren wieder. Das ist schon toll, aber irgendwie bin ich auch froh, dass der ganze Rummel vorbei ist. Es wurde ja über nichts anderes mehr gesprochen, bloß noch Fußball, im Dorf, im Zug, in der Schule, sogar in der Küche.*

*Aber etwas war doch klasse: Papa hat sich so gefreut, dass er mir endlich ein Mofa gekauft hat. Jetzt kann ich alleine zum Bahnhof fahren. Macht Spaß. Am ersten Tag bin ich allerdings viel zu früh los und musste ewig auf den Zug warten. Da fahren morgens immer dieselben Leute mit, ein paar gehen auch auf meine Schule, aber mit mir hat noch keiner gesprochen. Ich traue mich nicht. Vielleicht geht es den anderen ja genauso.*

*Mama ist so altmodisch. In der Schule sind alle Mädchen geschminkt und haben Jeans mit Schlag an und Lederclogs mit dicken Korksohlen. Und ich muss Kleider anziehen. Kleider sind am schlimmsten. Röcke gehen ja noch. Die kann ich oben umkrempeln, obwohl, supermini geht nicht, sonst habe ich so eine dicke Rolle um die Taille.*

*Ich habe Papa gesagt, dass ich festes Taschengeld brauche. Er sagt immer, das ist doch nicht nötig, wir kaufen dir doch alles. Aber ich habe ihm gesagt, ich wäre jetzt schließlich zweimal die*

Woche in der Großstadt, und außerdem ist es wichtig, dass ich selbständig werde und Verantwortung übernehme. (Ich hatte mir das alles vorher zurechtgelegt.) Und alle anderen in meiner Klasse kriegten schon lange ihr eigenes Taschengeld. Klar kam dann wieder: Wenn alle von der Brücke springen, springst du dann auch? Aber dann hat er gesagt, er würde es sich überlegen.

Ich habe mir in der Drogerie gegenüber vom Bahnhof Schminke gekauft, nicht viel, bloß Wimperntusche und einen hellrosa Lippenstift. Und gestern hatte ich Schule, und morgens hab ich mich einfach geschminkt an den Frühstückstisch gesetzt. Und dann die Überraschung: Mama und Papa haben bloß ein bisschen komisch geguckt, aber kein Wort gesagt. Ich glaube, die merken jetzt doch, dass ich wirklich kein Kind mehr bin.

Einer aus meiner Klasse ist total süß. Er heißt Kai und ist schon fast achtzehn. Er hat so lange blonde Locken wie Harpo, den ich ja sowieso süß finde. Und er ist, glaube ich, ziemlich schüchtern, jedenfalls redet er nicht so viel. Die anderen in der Klasse sind überhaupt nicht schüchtern, aber die kommen ja auch fast alle aus Krefeld. Ich glaube, man wird ganz anders, wenn man in der Großstadt aufwächst. Die Mädchen sind sehr selbstbewusst, da kann ich mir was abgucken. Außer bei Claudia, die benimmt sich wie eine Nutte. Die hat bestimmt schon mit vielen Jungs geschlafen. Das könnte ich nie. Ich würde nur mit einem Jungen schlafen, den ich wirklich liebe. Und er muss mich auch echt lieben, und er soll es mir auch sagen.

Heute habe ich mich getraut. Ich bin zum ersten Mal geschminkt zur Arbeit gegangen. Der Chef hat getobt. Ob ich zum Zirkus will, und ich soll mir das Zeug aus dem Gesicht waschen, das wäre ja unhygienisch. Und Melanie, die ist schon im dritten Lehrjahr, hat mir den Vogel gezeigt. Die sind alle so was von spießig!

Und überhaupt, was hat das mit Kochlehre zu tun, wenn ich bloß die Drecksarbeit machen darf? Ich habe noch nicht ein einziges Mal gekocht. Und der Chef triezt mich, wo er kann, wenn er mir nicht gerade auf den Busen glotzt.

Nur noch zweieinhalb Jahre, und dann können die mich alle mal gerne haben. Dann suche ich mir eine Stelle in Krefeld. Und eine eigene Wohnung. Ich hoffe, dass ich das schaffe. Mama und Papa haben ja bloß mich, und ich habe sie ja auch so lieb. Aber in zwei Jahren bin ich bestimmt schon erwachsener, dann bin ich ja auch volljährig. Hoffentlich schaffen die Eltern dann die Arbeit auf dem Hof alleine.

Senta nehme ich auf alle Fälle mit, obwohl, ich weiß nicht, ob sie sich an eine Großstadt gewöhnen könnte. Die kennt ja nur Freiheit, die braucht ihren Auslauf in der Natur, genau wie ich. Aber damit wird es bei uns hier auch immer weniger, wo sie jetzt angefangen haben zu baggern. Den ganzen Tag nur Krach. Meine Wiese, wo ich letzten Sommer immer im Gras träumen konnte, ist schon weg, und jetzt sind die Felder von Onkel Kurt dran.

Letzte Woche waren wieder zwei von der KGG bei uns und haben ihr Angebot nochmal erhöht. Aber Papa ist hart geblieben: In Gottes Schöpfung pfuscht man nicht rein. Und das sehe ich ganz genauso. Dann hat er sie vom Hof gejagt.

*Abends sind dann noch Onkel Kurt und die anderen gekommen und wollten schön Wetter machen und haben sich einen abgelabert. Von wegen, Papa könnte doch den Fortschritt nicht aufhalten, und wenn er nicht verkauft, würde er das Dorf schädigen. Aber Papa hat bloß gesagt, er hätte sein letztes Wort gesprochen.*

*Ich werde keine «Bravo» mehr lesen! Unsere Deutschlehrerin sagt, die wäre wirklich Schund. Wir sollten lieber was für unsere politische Bildung tun. Schließlich würden wir demnächst das Land gestalten, die Welt sogar. Dabei wird einem schon ein bisschen komisch. Aber ich werde jetzt jeden Tag die Zeitung lesen, auch über Politik, und dann vielleicht noch «Pardon» kaufen. Sie hat uns auch eine Bücherliste gegeben, die wir unbedingt lesen müssen. Ich besorge mir auf alle Fälle eins von Heinrich Böll, weil ein paar aus der Klasse schon was von dem gelesen haben und sagen, der wäre toll. Kai hat endlich auch mal was gesagt. Böll hätte ihm wohl auch gefallen, aber am besten fände er «Deutschstunde». Ich hab es auf der Liste nachgeguckt, das ist von Siegfried Lenz. Und dann brauche ich ein Lexikon. Ich habe mir nämlich fest vorgenommen, dass ich jeden Tag ein neues Fremdwort lernen will.*

*Mama sagt, dass sie jetzt in den Lesering eintreten wollen, dann könnte ich mir jeden Monat zwei Bücher bestellen.*

*Keiner aus meiner Klasse geht jeden Sonntag in die Kirche, und ich will das auch nicht mehr. Gestern habe ich gesagt, ich hätte meine Tage, aber das geht ja auch nicht jedes Mal. Ich bin ja Christin, ich glaube an Gott, aber dafür brauche ich* doch keinen Popen und das ganze Brimborium! Zur Beichte gehe ich auf keinen Fall mehr, und das habe ich mit Papa auch schon ausdiskutiert. Bloß Mama ist noch ein Problem, weil die dann immer so traurig wird.

Heute in SoWi ist was passiert. Wir haben über Kiesabbau geredet, und ich habe mich gemeldet und gesagt, was meine Familie davon hält, und auf einmal war ich wer, von wegen Ökologie und so. Alle fanden mich toll, sogar Kai.

**Sechs**  «In unserer Region liegen Kies- und Sand-
vorkommen sehr nah unter der Erdoberfläche und sind
deshalb leicht abzubauen», begann Peter Cox seinen
Bericht. Er wirkte recht zufrieden.

Auch van Appeldorn ging es besser. Pauls Zahn
war gestern endlich durchgebrochen, und der Kleine
hatte, von seiner Qual befreit, die ganze Nacht friedlich
geschlafen.

Obwohl es erst halb neun war, zeigte das Ther-
mometer schon über zwanzig Grad an. Ackermann
hatte eine große Thermoskanne mit Eistee mitgebracht – «selbstgebraut» – und allen einen Becher voll
eingegossen.

«Deshalb haben sich in den letzten dreißig Jahren bei
uns zahlreiche Kiesunternehmen angesiedelt», fuhr Cox
fort. «Das geförderte Material geht an die Bauindustrie,
zum Beispiel zur Herstellung von Beton.»

«Ja, und zwar größtenteils nach Holland und Belgien»,
fiel ihm Schnittges harsch ins Wort. «In letzter Zeit aber
auch nach Dubai und China, was den Bedarf an Kies
natürlich mächtig gesteigert hat.»

Cox schaute ihn erstaunt an.

«Ich habe gestern Abend mit einer Bekannten in Kessel gesprochen. Sie ist bei den Grünen», erklärte Bernie. «Aber mach du erst mal weiter.»

«Gut, normalerweise erteilt der Kreis die Genehmigung für eine Auskiesung, und die Höhere Landschaftsbehörde in Düsseldorf muss als Fachaufsichtsbehörde die ordnungsgemäße Aufgabenwahrnehmung der Genehmigungsbehörde sicherstellen.»

Penny ächzte leise. «Das muss ich mir gleich noch einmal in Ruhe durchlesen. Amtsdeutsch ist nicht gerade meine Stärke.»

Cox lächelte ihr zu. «Wenn es sich allerdings um besonders hochwertige Kiese und Sande handelt – das sind solche, die sich zur Herstellung feuerfester Erzeugnisse eignen –, fallen sie unter die Regelung des Bundesberggesetzes.»

«Ganz genau», bestätigte Bernie. «Und das hat so ein findiger Kiesanwalt im vorletzten Jahr erstritten. Seitdem ist die Bezirksregierung Arnsberg für die Genehmigungen zuständig.»

«Stimmt», sagte Cox. «Aber weiter im Text: In unserer Gegend werden sogenannte Nassabgrabungen durchgeführt, das bedeutet, dass das Grundwasser freigelegt wird und Baggerseen entstehen. Dafür ist grundsätzlich ein Planfeststellungsverfahren nach Paragraph 31 des Wasserhaushaltsgesetzes erforderlich. Und bei Flächen über zehn Hektar …»

«Entschuldige», meldete sich Penny, «aber wie groß ist das ungefähr?»

«Hunderttausend Quadratmeter, glaub ich. Also, bei

Flächen dieser Größe muss grundsätzlich auch eine Umweltverträglichkeitsprüfung durchgeführt werden. Und weil Abgrabungsvorhaben oft den Grundwasserschutz gefährden oder Naturschutzgebiete betreffen, werden die Genehmigungen häufig verweigert.»

«Schön wär's», meldete sich Schnittges wieder zu Wort. «Die Kiesindustrie ist knallhart. Wenn denen die Genehmigung verweigert wird, ziehen sie vor Gericht und haben viel zu oft Erfolg, weil die Landesgesetzgebung in dem Punkt völlig veraltet ist. Lettie sprach übrigens nur von der ‹Kiesmafia›. Sie sagt, dass jedes Jahr fünfzehn Millionen Tonnen Kies und Sand exportiert werden, und zwar hauptsächlich vom unteren Niederrhein. Und nur ganz nebenbei: Holland, zum Beispiel, hat selbst genügend hochwertige Quarzsande, aber die sind nicht so blöde, sie abzubauen. Mit jedem Baggerloch werden nämlich Freiflächen und – besonders fatal – landwirtschaftliche Nutzflächen vernichtet, zudem wird über Quadratkilometer hinweg das Grundwasser freigelegt, und das hat böse Folgen.»

«Das hört sich auf der Homepage von der KGG aber ganz anders an», bemerkte Cox. «Nach Stein- und Braunkohle sei Kies der wichtigste Bodenschatz unserer Region, den könne man unmöglich brachliegen lassen, außerdem schaffe dieser Industriezweig zahlreiche Arbeitsplätze. Und sie seien ja auch verpflichtet, die Baggerseen zu renaturieren, und diese Maßnahme hätte immerhin Fischreiher und Kormorane an den Niederrhein zurückgeholt. Ganz zu schweigen vom touristischen Reiz eines Seengebiets, von wegen Ankurbelung der heimischen Wirtschaft und so.»

«Schwachsinn!», schimpfte Schnittges. «Kies und Sand und die Fauna, die sich in den Schichten angesiedelt hat, sind natürliche Bodenfilter für das Grundwasser. Wenn dieser Schutz verloren geht, verdreckt unser Trinkwasser.»

«Na ja, man könnte das Wasser ja künstlich filtern», warf van Appeldorn ein.

«Aber klar doch», antwortete Bernie. «Solche Filteranlagen verschlingen Unsummen. Ich will mir gar nicht vorstellen, was uns das Wasser dann kosten würde. Und außerdem, wenn das mit dem Klimawandel alles so stimmt, dann stehen uns in Zukunft größere Trockenperioden bevor. Und dann wird die Landwirtschaft reichlich Grundwasser nötig haben, und zwar sauberes.»

Cox verzog den Mund. «Jetzt guck doch mich nicht so giftig an. Ich gehöre nicht zur Kiesmafia.»

«Schon gut.»

«Und wie hilft uns das alles jetzt weiter?», fragte Penny.

«Dat frag ich mich auch», meinte Ackermann. «Wusste denn deine Lettie, mit wem in Kessel der Sebastian Finkensieper verhandelt hat?»

«Nein, sie hat ihn auch nie gesehen, sie wohnt ein bisschen außerhalb. Bis jetzt wird auch nur gemunkelt, dass eine neue Auskiesungsfläche genehmigt werden soll, auf der dann wieder mindestens fünfundzwanzig

Jahre gebaggert werden darf. Lettie will sich bei den Kreis-Grünen erkundigen, was genau Sache ist.»

«Ich kenne mich ja noch nicht so genau aus.» Penny rieb sich das Ohrläppchen. «Was sind denn das für Leute, die Grünen hier?»

«Nette», antwortete Ackermann sofort. «Auf alle Fälle keine, die mit 'ner Knarre rumlaufen würden.»

«Bevor wir uns irgendwelchen Hirngespinsten hingeben, sollten wir erst einmal herausfinden, in welcher Funktion Finkensieper für die KGG gearbeitet hat», merkte Cox an.

«Und die werden uns auch sagen können, ob er überhaupt mit Grundbesitzern verhandelt hat, und wenn ja, mit welchen.» Van Appeldorn streckte sich. «Lasst uns losfahren. Wir nehmen meinen Wagen, Bernie.»

Finkensiepers Wohnung lag im zweiten Stock einer wohl erst kürzlich renovierten Jugendstilvilla direkt am Rhein.

Die Düsseldorfer Kollegen, die van Appeldorn und Schnittges begleitet hatten, warteten noch, bis der Schlüsseldienst die Wohnungstür geöffnet hatte, und fuhren dann zu ihrer Dienststelle zurück.

Bernie Schnittges musste sich einen Ruck geben. Er hasste es, in den Sachen eines Toten herumzuschnüffeln, intime Geheimnisse oder vielleicht auch nur kleine Schwächen zu entdecken, die ihn nichts angingen, Schlüsse zu ziehen, gegen die sich der Mensch nicht mehr wehren konnte.

Die Wohnung mit ihren mehr als vier Meter hohen Decken war luftig und hell mit einer dicken Strukturtapete, die in hochglänzendem Weiß gestrichen war, und hellem Ahornparkett.

Eine Küche mit brandneuen Schränken und Elektrogeräten – Ikea, dachte van Appeldorn, er hatte das gleiche Modell bei sich zu Hause –, eine Essecke mit einem angejahrten, nachgedunkelten Weichholztisch und zwei nicht zueinanderpassenden Stühlen.

Man sah gleich, dass Finkensieper erst vor kurzem eingezogen war, alles war noch ein wenig unfertig, aber man erkannte sein Bemühen, das neue Reich wohnlich zu machen.

Im Wohnzimmer standen schwarze Bücherregale, ebenfalls von Ikea und nicht mehr neu, in denen Bücher gestapelt lagen. Finkensieper hatte wohl noch nicht die Zeit gefunden, sie einzusortieren. Außerdem gab es hier einen Schreibtisch mit Sessel und ein flaches Ledersofa in dunklem Türkis, das nach teurem Design aussah.

Im blitzsauberen, winzigen Bad standen in der Duschwanne ein paar Topfpflanzen, noch in Plastikfolie, aber offensichtlich vor kurzem erst gegossen.

Das Schlafzimmer wirkte überraschend feminin. Ein schmiedeeisernes Himmelbett für zwei mit duftigen weißen Vorhängen und ebenso blütenweißen Leinenbezügen, sorgfältig glattgestrichen. Gegenüber davon, an der Wand, das einzige antike Möbel in der Wohnung, ein Vertiko, auf dem eine große Schüssel aus dickem

Glas stand, die mit sicher über hundert bunten Einweg-feuerzeugen gefüllt war – ein fröhlicher Farbtupfer.

«Scheint mir ein sehr ordentlicher Mensch gewesen zu sein», sagte van Appeldorn.

Schnittges nickte nur und öffnete die Tür zum begeh-baren Kleiderschrank. Zwei Anzüge, einer schwarz, einer anthrazitfarben, mehrere Jacketts und Hemden, ein Wintermantel, ein langer Trenchcoat. Schnittges fing an, die Taschen zu durchsuchen.

«Ich nehme mir dann den Schreibtisch vor», beschloss van Appeldorn und ging ins Wohnzimmer zurück.

«Nichts Besonderes», berichtete Schnittges, als er aus dem Schlafzimmer kam. «In der Vertikoschublade ein paar Briefe von einer Sarah aus Sheffield, alle schon ein paar Jahre alt, drei alte Taschenkalender, Geburtstags- und Weihnachtskarten, der übliche Kram.»

Er ging zum Fenster, das zum Fluss hinausging. «Bil-lig ist die Wohnung bestimmt nicht», murmelte er.

«Tausendfünfzig kalt», sagte van Appeldorn, der inzwischen die erste Schublade durchforstet hatte. «Hier ist der Mietvertrag. Finkensieper hat aber auch nicht schlecht verdient. Er ist übrigens nicht bei der KGG angestellt, sondern arbeitet in einer Anwaltskanzlei hier in Düsseldorf: ‹Wehmeyer und Söhne›.»

«Sollen wir Penny und Jupp Bescheid sagen?», fragte Schnittges.

Van Appeldorn schüttelte den Kopf. «Das haben die inzwischen sicher schon rausgefunden.»

Schnittges nahm die beiden dicken Aktenordner,

die im Regal lagen, setzte sich auf die Sofakante und arbeitete sie langsam durch. Sebastian Finkensieper war ein sehr guter Schüler gewesen, hatte ein erstklassiges Abitur gemacht, dann in Rekordzeit ein Jurastudium absolviert, das er mit Auszeichnung bestanden hatte. Ein Streber? Oder einfach sehr begabt?

Schnittges legte die Aktenordner beiseite und nahm sich ein Fotoalbum vor, das er vorhin schon entdeckt hatte. Das erste Bild zeigte einen etwa vier Jahre alten rothaarigen Jungen mit knubbeligen Knien in einem sommerlichen Garten, der ein weißes Kätzchen auf dem Arm hatte. «Basti und Micki – die Unzertrennlichen» stand in einer zierlichen, weiblichen Handschrift darunter.

Es war ein altmodisches Album, ledergebunden mit mattschwarzen Seiten, die Bilder mit Fotoecken eingeklebt, die Bildunterschriften mit weißer Tinte gemalt.

Bernie musste unwillkürlich lächeln, ein ganz ähnliches Album besaß auch er. Seine Mutter hatte, nachdem auch das letzte Küken ihr Nest verlassen hatte, für jedes ihrer sechs Kinder ein eigenes Album angelegt und es ihnen dann zu Weihnachten geschenkt.

Er blätterte weiter, Urlaubsfotos, Familienfeiern, das Abitur, Basti auf einem Motorrad, nichts Ungewöhnliches, nichts, das aus dem Rahmen fiel. Die Eltern wirkten nett, wenn auch nicht übermäßig fröhlich. Sebastian schien auch ein eher ernstes Kind gewesen zu sein, wie ein unangenehmer Streber sah er allerdings nicht aus.

«Hier sind ein paar Schlüssel.» Van Appeldorn stand auf. «Ein Zweitschlüssel fürs Auto, und dieser könnte der Ersatzschlüssel zum Haus hier sein.» Er ging zur Wohnungstür. «Passt!»

Auch Bernie Schnittges hatte sich erhoben. «Ich frage mich, warum Finkensieper in Kessel in dieser Bruchbude gewohnt hat. Ein Zimmer bei Ophey hätte er sich doch locker leisten können.»

Der Geschäftsführer der KGG hatte Ackermann und Penny erklärt, dass die Firma sich schon seit Jahrzehnten vom Anwaltsbüro Wehmeyer, einer alteingesessenen Düsseldorfer Kanzlei, vertreten ließ. Sebastian Finkensieper habe man persönlich nicht kennengelernt, man überlasse es vertrauensvoll Herrn Wehmeyer, welchen Mitarbeiter er mit der Ausarbeitung der Verträge betraue.

Jetzt standen Penny und Ackermann vor einem Haus in der Schadowstraße und betrachteten die Kanzleitafel aus poliertem Messing. Acht Anwälte, unter ihnen auch Sebastian Finkensieper, waren dort aufgelistet.

«Zweimal Wehmeyer», bemerkte Ackermann, «und immerhin zwei Frauen.»

Die Kanzlei lag im ersten Stock. Sie nahmen die Treppe und betraten einen nüchternen Empfangsraum. Hinter einem halbhohen Tresen saß eine Frau von Anfang vierzig am Computer. «Guten Morgen», rief sie und lächelte professionell. «Wie kann ich Ihnen helfen?»

Penny zückte ihren Ausweis. «Kriminalpolizei, Small.

Wir würden gern Herrn Wehmeyer sprechen … Den Senior», fügte sie nach kurzem Überlegen hinzu.

«Oh, das tut mir leid», sagte die Frau ein bisschen verwirrt. «Herr Wehmeyer senior ist in den Ruhestand getreten, und Herr Dr. Wehmeyer ist heute bei Gericht. Aber Sie könnten mit unserem anderen Junior sprechen, Herrn Ingmar Wehmeyer. Soll ich einmal schauen, ob er Zeit für Sie hat?»

«Das wäre sehr freundlich», antwortete Penny.

Die Sekretärin führte ein kurzes Telefonat und stand dann auf. «Wenn Sie mir bitte folgen würden …»

Sie gingen einen Gang hinunter an mehreren Türen vorbei. Ganz am Ende blieb die Frau stehen, klopfte und wartete lächelnd auf das «Ja, bitte!», bevor sie die Tür öffnete. «Hier wären dann die Herrschaften von der Kriminalpolizei für Sie, Herr Wehmeyer.»

Ingmar Wehmeyer schaute von seinen Papieren auf und erhob sich halb. Er war Mitte zwanzig, hatte zerzaustes dunkles Haar, intelligente Augen und einen auffallend großen Mund.

«Kripo?» Er setzte sich wieder hin und wies auf die beiden Klientenstühle vor seinem Schreibtisch. «Bitte nehmen Sie Platz.» Seine Hand fuhr kurz hoch zu seinem Krawattenknoten. «Wie kann ich Ihnen behilflich sein?»

Penny berichtete so sachlich wie möglich von Finkensiepers Tod. Zu ihrer Bestürzung schlug Wehmeyer beide Hände vor den Mund und brach in Tränen aus. Er schluchzte so heftig, dass er kaum Luft bekam.

Ackermann zog eine Packung Taschentücher aus seiner Jacke, nahm eins heraus und schob es über den Schreibtisch.

«Weinen Sie ruhig», sagte er sanft. «Das erleichtert. Und wir haben alle Zeit der Welt.»

Penny warf ihm einen erstaunten Blick zu. Sie hatte Ackermann noch nie eine andere Sprache sprechen hören als die seiner Region, und sie hatte oft genug ihre liebe Mühe, ihn zu verstehen. Als sie sein bekümmertes Gesicht sah, schloss sie ihn augenblicklich in ihr Herz.

Wehmeyer wischte sich mit dem Taschentuch Augen und Nase, aber er schluchzte noch immer. «Ich wusste doch, dass was passiert ist! Den ganzen Morgen hab ich es auf seinem Handy probiert.»

Schließlich beruhigte er sich ein wenig und erzählte, dass Finkensieper nicht einfach nur ein Kollege für ihn gewesen war.

«Wir haben zusammen studiert, in Bonn. Sebastian hat ein irre gutes Examen gemacht, deshalb hab ich ihn meinem Bruder empfohlen.» Er zerrte an seiner Krawatte. «Ich verstehe nicht, was Sebastian in Kessel verloren hatte. Die KGG hat doch ihre eigenen Leute, die die Grundbesitzer ansprechen. Wir sind doch nur für die Verträge zuständig.»

Seine Hände zitterten, und er faltete sie so fest, dass die Fingerknöchel scharf hervortraten.

«Ich wusste, dass etwas nicht stimmt», sagte er leise. «Sebastian war so komisch in den letzten zwei, drei Wochen. Zweimal hat er sich einen halben Tag freigenommen, dabei ist er das totale Arbeitstier. Und vorletzten Sonntag hat er meinen Bruder zu Hause angerufen und um eine Woche Urlaub gebeten.» Er schaute sie unsicher an. «Aus familiären Gründen …»

«Was könnte das bedeutet haben?», fragte Penny.

Wehmeyer schaute an ihr vorbei. «Ich weiß es nicht.»

«Aber ihr wart doch Freunde», meinte Ackermann.

Wehmeyers Blick war traurig. «Sicher, aber Sebastian ist …» Er schluckte trocken. «… Sebastian war ziemlich zurückgezogen, ziemlich ernst. Ich weiß nicht, wie ich das ausdrücken soll … er war furchtbar nett, und er hat irgendwie immer, ich weiß nicht, immer irgendwie auf einen aufgepasst, war für einen da. Es ist wahrscheinlich …» Langsam fing er sich wieder. «Er ist sehr protestantisch erzogen worden. Sein Vater ist Presbyter.»

«Kennen Sie seine Eltern?», fragte Penny.

Wehmeyer nickte. «Ich habe sie einmal getroffen, auf unserer Examensfeier. Sie waren nett, selbst beide Juristen, und die Mutter ist seit ein paar Jahren Bürgermeisterin von Radevormwald. Da kommt Sebastian her.»

Er wurde blass, und auf seiner Oberlippe sammelten sich Schweißperlen.

Ackermann schob ihm ein weiteres Taschentuch hinüber. «Ich geh Ihnen ein Glas Wasser holen.»

Wehmeyer presste das Tuch auf den Mund. «Es geht schon», murmelte er und atmete tief durch.

«Sie wollten uns von Sebastians Eltern erzählen», fuhr Penny behutsam fort.

«Wie gesagt, sie sind nett, man merkt, wie gern sie

Sebastian haben, aber – wie soll ich das sagen? – sie sind sehr evangelisch.»

Penny schaute Ackermann fragend an.

Der nickte. «Also nix mit Karneval, mal einen draufmachen und alle fünfe grade sein lassen.»

Wehmeyers Augen lächelten. «Ja, so etwas meine ich wohl. Und Sebastian war eben auch ein bisschen … Ich meine, nicht dass er gepredigt hätte, um Gottes willen! Aber …»

«Ich weiß schon, was Sie meinen. Die Religion steckt einem in den Knochen, da kommt man nicht so schnell los von.» Ackermann machte eine Pause, dann fragte er: «Hatte der Sebastian eine Freundin?»

Wehmeyer schüttelte den Kopf, und plötzlich huschte ein Grinsen über sein Gesicht. «Aber ich glaube, er ist in unsere neue Referendarin verknallt. Ich meine, er war … ach, Scheiße!»

Wieder kämpfte er mit den Tränen, aber er riss sich zusammen. «Als er nach Bonn kam, hatte er eine Freundin in Radevormwald, noch aus Schulzeiten, wie das so ist. Aber dann hat er eine Engländerin kennengelernt, die in Bonn ein Auslandssemester machte. Als dann bei uns der Examensstress losging, ist das wohl in die Brüche gegangen. Sebastian war sein Beruf unheimlich wichtig.»

Er ließ den Kopf sinken, und als er wieder aufschaute, lag Wut in seinem Blick. «Erschossen, haben Sie gesagt? Das ist völlig absurd! Was ist genau passiert? Ich will es wissen!»

Penny erzählte es ihm.

«Auf einem Parkplatz vor einem Restaurant? Aus hundertsechzig Metern Entfernung? Da muss ihn jemand verwechselt haben! Das kann gar nicht anders sein!»

«Was wir komisch finden», sagte Ackermann, «ist, dass der Jung nix bei sich hatte, keinen Hausschlüssel, keine Kreditkarten, keinen Ausweis, keinen Führerschein, bloß den Autoschlüssel, den Schlüssel zum Hotel und ein rotes Portemonnaie mit Bargeld.»

Wehmeyer lächelte. «Das rote Portemonnaie, das war so eine Marotte von ihm. Solange ich ihn kenne, hatte er für sein Bargeld immer ein knallrotes Portemonnaie. Seine anderen Papiere waren in seiner Brieftasche. Und Wegwerffeuerzeuge hat er gesammelt, je knalliger, desto besser. Dabei hat er gar nicht geraucht …»

«Er hatte nicht einmal sein Handy bei sich», bemerkte Penny.

«Dann wollte er wohl zum Essen.» Wehmeyers Stimme klang aggressiv. «Wenn Sebastian gegessen hat, hat er sein Handy immer ausgeschaltet. Das war auch so ein Tick von ihm. Beim Essen wollte er seine Ruhe haben. Wenn wir beide hier mal zusammen in die Mittagspause gegangen sind, hat er sein Handy immer im Büro gelassen.»

«Auch seine Schlüssel und seine Brieftasche?», hakte Ackermann nach.

Wehmeyer zuckte die Achseln. «Er hatte immer sein rotes Portemonnaie dabei …»

**Sieben** *Ich bin jetzt in einer Clique!*

*Karen, die in Fachkunde neben mir sitzt, hatte mich ange-sprochen, ob ich nicht Lust hätte, nach der Schule mit ihr und den anderen in die Eisdiele zu gehen. Die anderen, das sind Stefan, Volker, Monika – und Kai!*

*Ob ich wohl Lust hatte? Alle waren sehr nett zu mir, und jetzt gehöre ich auf einmal dazu. Meine Eltern freuen sich auch, dass ich Freunde gefunden habe. Die Leute bei uns im Dorf, die so alt sind wie ich, kann man vergessen, so was von primitiv. Die Jungen wollen alle bloß Schützenkönig werden und saufen sich die Birne weg. Und die Mädchen? Sind genau wie ihre Mütter, bloß ohne Kittelschürze, wenn sich jetzt auch viele schminken und einen Mittelscheitel tragen. Jedenfalls wollen meine Eltern Karen kennenlernen. Ich soll sie mal übers Wochenende einladen. Ich weiß nicht, bestimmt findet sie es spießig bei uns. Und wenn man selbst nicht vom Bauernhof kommt, dann stört einen bestimmt auch der Viehgeruch und so.*

*Ich hätte mir gar keine Sorgen zu machen brauchen. Karen hat alles klasse gefunden. Natürlich war es peinlich, wie meine Mutter sie ausgefragt hat, was denn ihre Eltern so machen. Aber Karen fand das anscheinend gar nicht so schlimm. Sie* hat erzählt, dass ihr Vater technischer Zeichner ist und ihre Mutter Hausfrau und dass sie zwei jüngere Brüder hat. Papa meinte hinterher, als sie wieder gefahren war, Karen wäre ein ordentliches Mädchen. Sie hat ihn aber auch richtig um den Finger gewickelt, wollte unbedingt beim Melken helfen und hat die ganze Zeit mit Senta gespielt. Ich wünschte, ich wäre so wie sie. Sie hat in meinem Zimmer geschlafen, und wir haben die halbe Nacht gequatscht. Sie findet den Stefan total süß, und ich habe ihr dann auch erzählt, dass ich in Kai verknallt bin. Karen kennt Kai schon von klein auf. Sie wohnen in einer Straße. Kai hat in der elften Klasse die Schule geschmissen, er hatte einfach keinen Bock mehr auf Penne. Seine Eltern waren total sauer — sie haben ein Hotel in Uerdingen — und haben ihn quasi gezwungen, die Kochlehre zu machen. Sonst würden sie ihn rausschmeißen, sagt Karen. Die hätten Kai aber sowieso immer auf dem Kieker. Deren Liebling wäre seine Schwester, die schön brav ihr Abi macht und dann Hotelfach studieren will.

Karen hat sich Stefan geangelt. Die haben es sogar schon gemacht, als Karens Eltern mal nicht zu Hause waren. Also, mir wäre das zu schnell gegangen, aber Karen hat ja auch schon Erfahrung, sie war schon mit fünfzehn keine Jungfrau mehr. Jetzt hat sie sich die Pille verschreiben lassen. Die kriegt man sogar umsonst von der Kasse, wenn man sagt, dass man sie braucht, weil man immer so Schmerzen bei den Tagen hat.

Am Dienstag ist unsere SoWi-Lehrerin mit uns in die Eisdiele gegangen. Wir sagen jetzt Renate zu ihr, und wir duzen uns.

Sie ist toll, ganz jung, und sie kommt auch aus meiner Ecke, aus Kleve, und sie sagt, wenn ich mal eine Fahrgelegenheit brauche, kann ich bei ihr im Auto mitfahren.

Bei uns in Kalkar wird ein Atomkraftwerk gebaut, in Hönnepel, genauer gesagt. Und Renate ist voll dagegen. Es ist ein Schneller Brüter und lebensgefährlich wegen der Strahlung. Renates alte Lehrerin hat eine Initiative gegründet, die gegen den Brüter protestiert. Renate will uns am Freitag Informationsmaterial mitbringen, aber Karen und ich haben jetzt schon beschlossen, bei der Gruppe mitzumachen.

Stefan hat eine eigene Bude! Der hat's gut, der ist schon achtzehn. Sein Vater ist versetzt worden, und die Familie musste umziehen, aber Stefan wollte seine Lehre hier zu Ende machen, deshalb bezahlen ihm seine Eltern eine Zweizimmerwohnung mitten in der Stadt. Karen ist natürlich selig, jetzt können sie immer, wenn sie wollen, miteinander schlafen. Sobald Stefan mit dem Umzug fertig ist, will er unsere ganze Clique einladen.

Es wird immer schlimmer mit mir: Kai braucht mich nur anzugucken, dann fängt mein Herz an zu rasen, und ich kriege einen ganz trockenen Mund. Was soll ich denn machen? Karen sagt, Kai ist einer, der verführt werden will. Aber wie? Ich kann mich ihm doch nicht einfach an den Hals schmeißen!

Demnächst gibt es eine Kundgebung der AKW-Gegner auf dem Markt in Kalkar unter dem Motto: «Für Leben und Zukunft gegen den Schnellen Brüter». Ich gehe da auf alle

Fälle hin. Die Krefelder wollen mit dem Zug kommen, und mich kann Renate mitnehmen, oder ich fahre mit dem Mofa.

Ich habe mit meinem Vater diskutiert. Er ist auch gegen Atomkraft, das wäre ihm alles zu unheimlich. Unser Boden soll gesunde Früchte hervorbringen, keine verstrahlten. Und er meint, der Müll, der im Brüter anfällt, würde mitten durch unsere Landwirtschaft abtransportiert, und keiner könnte ihm garantieren, dass dabei nichts passiert. Meine Mutter saß nur dabei und hat nichts gesagt. Sie ist so unpolitisch, das finde ich furchtbar.

*Ich ekle mich so! Als ich von der Arbeit gekommen bin, habe ich erst mal eine halbe Stunde geduscht. Der Chef hat mich angepackt, die alte Sau. Hat natürlich so getan, als wäre er gestolpert und gegen mich gefallen und hat «Hoppla!» gesagt. Dabei hat er mit beiden Händen meine Brüste geknetet. Ich könnte kotzen. Ich weiß, ich habe in letzter Zeit einen ziemlich dicken Busen gekriegt, und viele Männer gucken hin, und manchmal ist das sogar ein schönes Gefühl.*

*Eigentlich mag ich meine Brüste, ich streichle sie gern, wenn ich mich selbst befriedige. Das mache ich inzwischen fast jeden Abend vor dem Einschlafen.*

*Ich war mit Karen in der Stadt und habe mir ein total süßes indisches Kleid gekauft. Ich brauche dringend was Schickes, denn der Stefan hat unsere Clique für Samstag in seine neue Bude eingeladen. Wir wollen zusammen kochen, endlich mal in Ruhe ausprobieren, was wir so alles gelernt haben bis jetzt. In der großen Pause haben wir den Speiseplan gemacht und die*

Einkaufsliste geschrieben. Stefan und Karen werden die Zutaten besorgen, und die Ausgaben legen wir dann auf alle um.

Kai ist nicht gekommen, er musste arbeiten, weil ein Kollege krank geworden war.

Ich war natürlich echt down, aber es war trotzdem ganz schön. Wir haben uns überlegt, wie toll es wäre, wenn wir alle zusammen in einer WG leben würden.

Später bin ich mir dann allerdings ein bisschen wie das fünfte Rad am Wagen vorgekommen. Anscheinend haben sich jetzt auch Monika und Volker ineinander verguckt. Die beiden haben andauernd Witze gerissen und sich kaputtgelacht, auch wenn das meiste gar nicht wirklich komisch war. Das Essen ist uns aber super gelungen, Stefan hat eine tolle Soße gemacht, er steht ja auch schon kurz vor der Prüfung. Ich habe mir so einiges bei ihm abgeguckt.

Karen hatte auch Wein gekauft, und ich habe zwei Gläser getrunken, eins weiß zum Fisch und eins rot zum Fleisch. Danach war mir ein bisschen flau. Ich glaube, ich vertrage nicht viel, weil ich es ja auch nicht gewöhnt bin. Mein Vater trinkt manchmal ein Bier und meine Mutter höchstens einmal einen Eierlikör, wenn sie irgendwo auf einem Geburtstag ist.

Die anderen haben jedenfalls mehr getrunken als ich, die hatten aber kein Problem damit. Sie wurden bloß immer alberner, und Stefan hat Karen die Hand unter den Rock geschoben. Er hat wohl gedacht, das würde keiner merken.

Ich hatte meinen Eltern gesagt, dass ich vielleicht bei Karen übernachten würde, aber dann hatte ich keine Lust mehr, und ich habe den letzten Zug nach Hause genommen.

78

Trotzdem freue ich mich auf die nächste Party bei Stefan. Ich meine, wir müssen ja nicht immer kochen, wir können auch einfach zusammensitzen und klönen.

Heute hatte mein Chef wieder so einen fiesen Tag: glotz, glotz, glotz! Und die ganze Zeit so schmierige Bemerkungen. Als ich dann alleine mit ihm in der Spülküche war, da konnte ich es nicht mehr aushalten, und ich hab ihm gesagt, wenn er mich noch einmal anpackt, dann erzähle ich es meinem Vater. Und da grinst der doch tatsächlich nur eklig und sagt, ich sollte mal schön aufpassen mit meinen Behauptungen, es gäbe genug andere, die auf meine Lehrstelle warten würden.

Die Kundgebung in Kalkar war einfach toll. Es waren bestimmt zweihundert Leute da, die auch gegen Kernkraft sind. Aber da waren natürlich auch andere, die uns als Gammler und dreckige Faulenzer beschimpft haben. Schnelle Brüter sind schlafende Atombomben. Das muss man den Menschen doch klarmachen können.

Aus meiner Clique war nur Karen gekommen.

Es ist etwas passiert!

Am Freitag nach der Schule sind Karen, Kai und ich noch zu Stefan gegangen, weil wir zusammen das Referat für SoWi machen wollten. Stefan hat Jasmintee gekocht, und wir haben es uns auf den Matratzen gemütlich gemacht. Da holt Kai auf einmal seinen Tabak raus und ein Stückchen Shit in Silberfolie. Ich hatte das Zeug noch nie gesehen, habe mir aber natürlich nichts anmerken lassen. Ich wusste ja, dass Karen und Stefan regelmäßig kiffen, und Karen hat mir im Vertrauen erzählt, dass Kai sogar manchmal einen LSD-Trip schmeißt. Jedenfalls hat Kai dann Blättchen zusammengeklebt und einen riesigen Joint gedreht. Ich hatte totalen Schiss, aber ich hab das einfach überspielt. Ich habe nicht sehr tief inhaliert, aber mir wurde trotzdem schwummerig, und ich hatte Angst, was passieren würde. Aber alle waren ganz locker drauf, und dann fing Karen an zu kichern, und das war so komisch, dass ich auch lachen musste wie verrückt. Stefan wurde ziemlich sauer. «Was habt ihr blöden Hühner denn?» Da hat Karen mich hochgezogen und ins Badezimmer geschleppt. Wir konnten nicht mehr vor Lachen, sind auf den Boden gerutscht und mussten uns am Badewannenrand festhalten. Ich schwöre, ich habe vor lauter Lachen geheult, und Karen ging es auch nicht anders. Als wir uns endlich wieder eingekriegt hatten, war ich ganz schlapp. Wie wir dann ins Wohnzimmer zurückgekommen sind, hatten die Jungs schon das nächste Ofenrohr angezündet, und Kai hat mich angelächelt und neben sich auf die Matratze geklopft. Und dann hat er mich geküsst! Mit Zunge und allem, und es war total schön. Wir haben uns hingelegt, und er hat wieder so süß gelächelt und mein Gesicht gestreichelt, und dann hat er nur noch verträumt geguckt.

Jetzt weiß ich gar nichts mehr. Sind wir jetzt zusammen? Oder hat er mich nur geküsst, weil er high war?

Ich konnte dann auch nicht mehr länger bleiben, weil meine Eltern auf einer Feier waren und ich das Vieh versorgen musste.

Ich habe meiner Mutter gebeichtet, dass ich verliebt bin, und sie war so toll, das hätte ich nie gedacht. Sie wollte alles hören, was ich über Kai weiß. Ich habe natürlich einiges weggelassen. Jetzt will sie ihn unbedingt kennenlernen, ich soll ihn für Sonntag einladen. Das kann ich aber nicht, weil wir ja gar nicht richtig miteinander gehen. Und ich glaube, ehrlich gesagt, auch nicht, dass Kai meine Eltern kennenlernen will, selbst wenn wir fest zusammen wären.

Auf jeden Fall musste ich meine Mutter gar nicht lange fragen, sie kam von selbst drauf und sagte, wir müssten mir die Pille besorgen.

Am Donnerstag habe ich einen Termin beim Frauenarzt. Ich war noch nie beim Frauenarzt, und ich habe ziemlichen Bammel davor. Meine Mutter ist da keine Hilfe, sie war selbst noch nicht beim Frauenarzt. Na ja, da muss ich wohl mal wieder alleine durch.

Gott, wenn meine Eltern nicht wären … Ich will hier bloß noch weg.

Aber dann denke ich auch immer, dass es eigentlich schön ist bei uns und dass ich mithelfen muss, dass es so bleibt. Dass man uns keine Kernkraftwerke vor die Nase setzt. Dass wir die Schöpfung erhalten müssen. Einer muss es doch tun! Wer denn, wenn nicht wir? Die alte Generation will doch bloß Geld machen.

**Acht**  Ackermann lenkte seinen Wagen auf die Autobahn und entspannte sich.

«Ich bin immer froh, wenn ich aus dem Großstadtgewusel raus bin.»

Penny nickte. «Ich habe früher ein paar Jahre in London und Edinburgh gelebt. Damals hat es mir gefallen, aber mittlerweile fühle ich mich in einer Kleinstadt viel wohler.»

«Hat wohl wat damit zu tun, wo man herkommt», sinnierte Ackermann. «Wie groß is' Worcester eigentlich?»

«Ich denke, etwa so groß wie Kleve. Aber ich komme ursprünglich gar nicht aus Worcester. Geboren und aufgewachsen bin ich in Pershore, und das ist noch kleiner. Und du?», fragte sie. «Bist du in Kranenburg geboren?»

«Jawoll, un' die meiste Zeit hab ich auch da gewohnt.» Und weil Penny ihm so freundlich zulächelte, erzählte er ihr von Guusje, seiner holländischen Frau, mit der er schon seit achtundzwanzig Jahren verheiratet war. «Die große Liebe, auch heut' noch.» Von den drei Töchtern, die schon erwachsen waren, und wie sehr er sich Enkelkinder wünschte. «Mir fehlt dat Leben inne Bude.»

«Dann sind deine Mädchen wohl alle schon aus dem Haus?»

«Mehr oder weniger. Nadine und Jeanette studieren in Nimwegen. Nur Joke, unsere Jüngste, wohnt noch bei uns. Is' 'n Spätzünder, dat Kind, hat sich mit de Schule 'n bissken schwergetan. Aber im Oktober geht se jetz' auch studieren. Wat bestimmt nich' leicht wird, die is' nämlich 'n Mamakind. Guusje kriegt jetz' schon dat heulende Elend.»

«Sind denn schon Schwiegersöhne in Sicht?»

Ackermann lachte. «Hör mir bloß auf! Wat die bis jetz' angeschleppt haben, kannste inner Pfeife rauchen. Wird wohl noch wat dauern mit den Enkelkindern.» Er schaute sie an. «Jetz' erzähl mir aber lieber ma' wat von dir.»


Nur drei Kilometer hinter ihnen auf der Autobahn fuhren van Appeldorn und Schnittges und hingen, jeder für sich, ihren Gedanken nach.

Schließlich brach van Appeldorn das Schweigen. «Was für ein Mensch war Finkensieper, wenn man nach seiner Wohnung geht? Beschreib ihn mal.»

Schnittges spürte heißen Zorn in sich aufsteigen. «Hatten wir das nicht schon vorgestern? Personenbeschreibung, Schnittges!»

Van Appeldorn hielt seinen Blick fest auf die Straße geheftet und biss die Zähne zusammen.

«Okay», sagte er endlich, «was macht dich so sauer?»

«Dein Ton, Norbert», blaffte Schnittges. «Wir wissen,

dass du jetzt der Boss bist. Aber deshalb brauchst du uns nicht alle wie Anfänger zu behandeln. Wir sind nämlich keine.»

«Das weiß ich doch.» Van Appeldorn war blass geworden.

Schnittges wischte sich durchs Gesicht. «Entschuldige, es steht mir nicht zu, dich zu kritisieren. Vergiss es also.»

Van Appeldorn sagte nichts, setzte aber den Blinker und bog zum Rastplatz ab. Er dachte an Toppe.

Erst als er den Wagen geparkt und den Motor ausgeschaltet hatte, sprach er wieder. «Du musst dich nicht entschuldigen, Bernie. Lass uns einen Kaffee trinken gehen und über Finkensieper reden.»

Kurz nachdem sie die Autobahn verlassen hatten, ging ein Platzregen nieder, und als sie am Präsidium ankamen, war die Luft wie in einer Waschküche.

In Cox' Büro warteten Penny, Ackermann und Toppe.

Cox hob fragend die Kaffeekanne, aber beide Männer winkten ab. «Wir haben unterwegs Kaffee getrunken», sagte van Appeldorn. «Aber ein Wasser könnte nicht schaden.»

Toppe, der am offenen Fenster stand, hielt ihm eine Sprudelflasche hin. Heute trug er weder Jackett noch Krawatte, hatte die Ärmel seines weißen Hemdes hochgekrempelt, und Penny stellte plötzlich fest, wie attraktiv er war.

Er grinste in die Runde. «Dann bringt mal meine kleinen grauen Zellen in Schwung.»

Van Appeldorn überließ es Schnittges, Finkensiepers Wohnung zu beschreiben, und legte die Aktenordner, die sie gefunden hatten, und das Fotoalbum auf den Schreibtisch. Dann setzte er sich, hörte Pennys Bericht zu und versuchte, Ackermann auszublenden, der ihr immer wieder ins Wort fiel.

«An Wehmeyers Idee mit der Verwechslung könnte etwas dran sein», meinte Schnittges und starrte in die Ferne, wie er es oft tat. «Vielleicht galt der Anschlag tatsächlich jemand anderem.»

Cox ächzte vernehmlich und wischte sich mit einem Taschentuch den Schweiß von der Stirn. «Das hilft uns im Moment aber überhaupt nicht weiter.»

«Man kriegt diesen Kerl irgendwie nicht zu fassen», murmelte van Appeldorn und schaute dann auf. «Bis jetzt haben wir jedenfalls keine Leiche bei ihm im Keller entdecken können.»

«Wir wissen aber, dass Finkensieper in letzter Zeit seinen Lebensrhythmus geändert hat», meldete sich Penny zu Wort. «Er hat sich freigenommen, und das hat er vorher noch nie getan.»

«Ja, irgendwat muss vor zwei oder drei Wochen passiert sein», ergänzte Ackermann. «Aber Wehmeyer wusste von nix.»

«Hatte Sebastian Finkensieper noch andere Freunde?», wollte Cox wissen.

«Wehmeyer sagt nein.»

«An welchen Tagen genau hat er sich freigenommen?», fragte Toppe.

Penny blätterte in ihren Notizen. «Am 5. April, das war Gründonnerstag, dann am 13., das war ein Freitag. Und dann am Sonntag, dem 15., hat er seinen Chef um eine Woche Urlaub gebeten.»

«Den er ganz offensichtlich in Kessel verbracht hat.» Toppe zündete sich eine Zigarette an.

«Ja», sagte van Appeldorn. «Laut van Beek hat er am 15. im Gasthof eingecheckt.»

«Und laut van Beek war Finkensieper in Kessel, um mit ein paar Bauern zu verhandeln. Was aber, laut Wehmeyer, gar nicht seine Aufgabe war.» Toppe neigte den Kopf. «Kann es sein, dass van Beek lügt? Wenn ja, warum? Oder hat Finkensieper ihm tatsächlich diese Geschichte erzählt?»

«Wenn ja, warum», unterbrach Ackermann ihn. «Hat er sich dat als Ausrede ausgedacht, weil er verheimlichen wollte, wat er in Wirklichkeit in Kessel getrieben hat?»

«Wir sollten uns eine Liste seiner Handyanrufe besorgen», sagte Schnittges. «Wir müssen unbedingt herausfinden, mit wem Finkensieper in den letzten drei Wochen telefoniert hat.»

Cox räusperte sich. «Mit Verlaub, das habe ich schon angeleiert. Aber ihr wisst ja, was diese Provider für Luschen sind. Ja, selbstverständlich machen sie uns sofort eine Auflistung, und dann dauert es Tage, wenn nicht Wochen. Aber ich bleibe am Ball.»

Penny überlegte. «Wenn es stimmt, was Wehmeyer

uns über Finkensiepers Angewohnheiten erzählt hat, dann hat er, als er zum Essen bei ‹Ophey› fuhr, sein Handy im Hotelzimmer gelassen, vielleicht auch seine Brieftasche und seinen Hausschlüssel.»

«Wat is' mit seinem Laptop?», rief Ackermann. «Ihr sagtet doch, den hätt' er bei sich gehabt, als er morgens aus'm Hotel ging.»

«Er muss noch einmal ins Hotel zurückgekommen sein», überlegte van Appeldorn. «Vielleicht in der Zeit, in der van Beek auf der Jagd war. Und vielleicht war Finkensieper nicht allein. Wir sollten uns bei van Beek in der Nachbarschaft umhören. Möglicherweise hat jemand beobachtet, wann Finkensieper gekommen und gegangen ist. Zumindest sein Auto müsste aufgefallen sein in der engen Straße.»

«Vielleicht hat man ja auch jemand anderen beobachtet, der mit einem Laptop aus dem Gasthof kam», hoffte Schnittges.

Eine ganze Weile blieb es still.

Toppe schrieb etwas auf seinen Block, zeichnete ein paar Linien.

«Genau wie früher», dachte van Appeldorn. «Diagramme zeichnen, vor sich hin brüten, klammheimlich eigene Theorien entwickeln.» Wie oft hatte er sich darüber geärgert.

Es war Cox, der die Stille unterbrach. «Was ist mit der Kiesspur? Soll ich mal in Arnsberg anfragen, wo in der Gegend von Kessel neue Auskiesungen geplant sind und wem die entsprechenden Grundstücke gehören?»

Es dauerte einen Moment, bis van Appeldorn merkte, dass die Frage an ihn gerichtet war. «Ja, mach das auf alle Fälle. Schließlich gehörte Finkensieper zur Kiesmafia oder war zumindest deren Handlanger.»

«Aber austauschbar», ließ sich Schnittges vernehmen und handelte sich fragende Blicke ein. «Ich meine, selbst wenn ich ein militanter Naturschützer bin, der am Rad dreht, was hätte ich davon, Finkensieper umzunieten? Die KGG, oder wer auch immer, hätte doch flugs einen anderen Anwalt aus dem Hut gezaubert, Wehmeyer zum Beispiel.»

«Der am Rad dreht, da sagste wat.» Ackermann ließ sein Knie auf und ab wippen. «Vielleicht war et einfach 'n Bekloppter.» Er grinste Bernie an. «Frag doch ma' deine Lettie, wat et da so an Kroppzeug gibt im Dorf.»

«Mach ich, aber du kannst dir die Tour mit ‹deine Lettie› schenken. Die Dame ist über siebzig.»

Keiner hatte van Gemmern anklopfen hören. Er sah schlecht aus, noch blasser als sonst, und seine Augen waren gerötet.

Penny und Schnittges betrachteten ihn ein wenig besorgt, die anderen aber schienen sich nicht zu wundern. Sie wussten, wie starrsinnig van Gemmern wurde, wenn er sich in eine Aufgabe verbissen hatte.

Er legte einen Stapel Fotos auf Cox' Schreibtisch. «Noch mehr Müll aus der Umgebung des Tatorts. Und die Waffen sind vom Beschuss zurück – negativ.» Damit war er schon wieder an der Tür.

«Klaus», meinte Toppe eindringlich, «du solltest mal wieder schlafen.» Aber van Gemmern drehte sich nicht einmal um.

Toppe sammelte seine Notizen ein und schaute auf die Uhr. «Halb drei. Ihr fahrt jetzt nach Kessel? Ich muss auch los. Wenn ich es schaffe, komme ich heute Abend noch einmal dazu.»

Ackermann folgte ihm auf den Flur. «Wat ich dich schon die ganze Zeit fragen wollte, Helmut: Wie geht et eigentlich Astrid?»

Astrid Steendijks Eltern waren bei einem Schiffsunglück in der Antarktis ums Leben gekommen und hatten ihrem einzigen Kind eine Fabrik hinterlassen, einen Betrieb mit über sechzig Mitarbeitern.

Toppe lehnte sich gegen die Wand und zündete sich eine neue Zigarette an. «Das ist schwer zu sagen, Jupp. Sie hat sich keine Zeit zum Trauern genommen, sondern sich sofort in die Arbeit gestürzt, weil sie den Betrieb unbedingt erhalten will.»

Er öffnete das Flurfenster und schnippte die Asche hinaus. «Im Moment ist sie furchtbar wütend auf ihre Eltern, aber das ist vielleicht sogar ein gutes Zeichen.»

Ackermann nickte bekümmert. «So geht dat mit de Trauer ja oft los. Kannst du dir denn vorstellen, dat sie als Fabrikantin glücklich wird?»

«Ich weiß es nicht», antwortete Toppe langsam. «Wir müssen abwarten.»

«Et is' echt nich' datselbe ohne unser Mädken.»

Toppe seufzte. «Wem sagst du das?»

«Obwohl, sonst …» Ackermann drückte ihm aufmunternd die Schulter. «Die Penny passt gut in 't Team, ehrlich. Penny … wusstest du, dat dat 'ne Abkürzung für Penelope is'? Wer gibt seinem Kind bloß so 'n bescheuerten Namen?»

«Engländer.» Toppe warf die Zigarette hinaus und schloss das Fenster.

Ackermann beschloss, zuerst in der Imbissstube nachzufragen. Er studierte die Speisekarte, die im Fenster ausgehängt war. Hier gab es so ziemlich alles, was das Fastfood-Herz begehrte: Pizza, Döner, Pommes und Schnitzel, sogar Bami und Nasi.

Hinter der Theke hantierte ein junger Türke herum, er mochte vielleicht dreißig sein.

Erschrocken schaute er hoch, als Ackermann hereinkam. «Oje, ich habe vergessen, die Tür abzuschließen. Wir haben noch gar nicht geöffnet», haspelte er. «Das Fett ist noch nicht heiß.»

«Ich will gar nix essen», beruhigte ihn Ackermann und legte seinen Ausweis auf den Tresen. «Gucken Sie, hier, ich bin von der Kripo.»

Der Mann lächelte zaghaft. «Ach so.» Er hielt Ackermann die Hand hin. «Ich heiße Ahmed.»

«Angenehm, ich bin Jupp.»

«Sie haben doch bestimmt gehört, dat am Samstag hier im Dorf 'n Mann erschossen worden is'.» Ackermann zog Finkensiepers Foto aus der Jackentasche und hielt es Ahmed hin.

Der schnappte nach Luft. «Der war das? Der ist doch höchstens so alt wie ich!»

«Sie haben den wohl gekannt.»

«Gekannt ist zu viel gesagt. Ich habe ihn ein paarmal gesehen, durchs Fenster.»

«Un' wat hat er da gemacht?»

«Gemacht?», fragte Ahmed verwirrt. «Nichts, er ist herumspaziert und hat sich die Gegend angeguckt.»

«Ah so.» Ackermann schaute auf seine Armbanduhr. «Zu früh für 'n Bier, aber 'ne Cola wär' nich' schlecht. Wenn et geht, eiskalt.»

«Gerne.» Ahmed gab ein paar Eiswürfel in ein Glas, holte eine Dose Cola aus dem Kühlschrank und goss ein.

Ackermann trank gierig, bevor er seine nächste Frage stellte.

«Uns geht et um letzten Samstag. Haben Sie ihn da auch gesehen? Un' hatte er vielleicht 'n Laptop dabei?»

«Samstag? Das kann ich echt nicht sagen. Ich bin im Moment allein im Laden. Wir haben nämlich gerade wieder ein Baby bekommen, und meine Frau ist noch nicht ganz so fit.»

«Glückwunsch, kann ich nur sagen. Wie viel Kinder haben Sie denn?»

«Drei», antwortete Ahmed stolz.

«Drei is' 'ne gute Zahl, ich selbs' hab auch drei.» Ackermann besann sich. «Wohnen Sie eigentlich hier?»

Ahmed zeigte an die Decke. «Oben, gleich über dem

Laden. Das ist praktisch, weil meine Frau mir so helfen kann und dabei trotzdem die Kinder im Auge hat.»

«Find' ich gut. Aber ma' wat anderes: Wenn Finkensieper durch dat Dorf gelaufen is' – Finkensieper, so hieß der Mann, der erschossen worden is' –, also, wenn der im Dorf rumlief, war er da immer alleine? Oder haben Sie den mal mit einem anderen gesehen?»

«Nö, der war immer allein.»

Ackermann leerte sein Glas. «Sagen Sie ma', wie kommen Sie eigentlich klar in diesem Kaff? So als Ausländer, mein' ich. Sind die Leut' hier nich' ziemlich verbohrt?»

«Gar nicht», antwortete Ahmed entschieden. «Ich bin in Deutschland geboren, und mein Vater ist schon als kleiner Junge hergekommen. Türkisch ist eine Fremdsprache für mich. In Kessel haben wir schnell Fuß gefasst.» Er musste grinsen. «Unser Ältester spielt in der E-Jugend vom SV Kessel und ist Torschützenkönig. So was hilft auch, da wird man schnell zum Kesseler. Außerdem sind wir ja nicht die einzigen Ausländer. Hier wohnen doch jede Menge Holländer und sogar ein paar Polen. Die sind früher jahrelang als Saisonarbeiter zum Spargelstechen gekommen, und anscheinend haben sie jetzt dauerhaft hier Arbeit gefunden, im Gartenbau und so.»

Ackermann nickte. «Gehen Sie eigentlich manchmal in die Kneipe da drüben, zu van Beek?» Dann schlug er sich gegen die Stirn. «Ach Quatsch, Sie dürfen ja gar keinen Alkohol trinken, Sie sind ja Moslem.»

«Ich bin gar nichts, und ich trinke auch Alkohol. Aber bestimmt nicht bei van Beek. Da gehen doch nur die alten Männer hin. Ich habe gehört, dass der Tote bei denen gewohnt hat. Fand ich komisch, da wohnt sonst nie einer.»

Norbert van Appeldorn parkte sein Auto, blieb aber noch eine Weile sitzen. Bernies Anpfiff ging ihm nicht aus dem Kopf. Er hatte bestimmt nicht vorgehabt, die anderen zu maßregeln. Es war nur so, dass er Umständlichkeiten und unnötiges Gerede hasste. Er behielt gern das Heft in der Hand, mochte klare Ansagen und klare Wege. Aber offensichtlich fühlten sich die anderen dadurch bevormundet. Das hatte er gar nicht bemerkt. Erst bei der Teamsitzung eben war ihm bewusst geworden, dass er wohl mit aller Macht versucht hatte, es anders zu machen als Toppe. Keine Assoziationen, keine freilaufenden Gedankengänge, kein Brüten, keine schlaflosen Nächte wegen eines Falles.

Ohne weiter nachzudenken, holte er sein Handy heraus und rief seine Frau an. «Hallo, Liebes, arbeitest du noch?»

Ulli leitete einen Sonderkindergarten und konnte sich ihre Arbeitszeit ziemlich frei einteilen und zudem den Kleinen mitnehmen.

«Ich habe gerade Schluss gemacht und packe jetzt Paul ins Auto. Was ist los? Du hast eine ganz kleine Stimme.»

«Ja, stimmt, man hat mich heute ein bisschen zusammengefaltet, und ich befürchte, nicht ganz zu Unrecht. Ich bitte also um ein Beratungsgespräch, Frau Sozialpädagogin.»

Sie lachte nicht. «Sekunde.» Er hörte, wie sie Paul im Kindersitz anschnallte und ihm einen Kuss gab.

«Heute Abend», sagte sie dann. «Ich bleibe wach, egal, wie spät es bei dir wird, dann reden wir. Paul ist den ganzen Tag bespielt worden, er ist völlig platt. Wir werden also wohl unsere Ruhe haben.»

Van Appeldorn schloss den Wagen ab und ging über die Straße zur Kfz-Werkstatt. Die Tür, die mit Mennige gestrichen war, führte direkt in eine große, ziemlich düstere Halle, in der es penetrant nach Altöl, Schmiere und Batteriesäure roch. Aus der Grube am hinteren Ende kam ein Hämmern.

«Hallo!», rief van Appeldorn, und das Hämmern hörte auf.

Ein Mann in einem blauen Overall, der vor Schmutz starrte, kam hervorgekrochen. Er war über eins neunzig groß, dabei, bis auf seine Hände, nicht besonders kräftig. Das dünne, staubig blonde Haar trug er zum Pferdeschwanz gebunden. Sein linkes Ohr war mehrfach gepierct, feine Silberringe reichten von der oberen Muschel bis zum Ohrläppchen, acht oder zehn Stück.

«Schönen guten Tag», grüßte van Appeldorn. «Sind Sie Herr Elbers?»

«Bin ich.»

«Ganz allein hier?»

Elbers wischte sich die Finger an einem schmierigen

Lappen, ab. «Heute wohl, mein Azubi hat montags Schule.»

Er grinste jovial und enthüllte dabei ein erschreckend schlechtes Gebiss für jemanden, der erst Mitte vierzig war.

«Was kann ich denn für Sie tun?»

Van Appeldorn zog seinen Dienstausweis und Finkensiepers Foto aus der Tasche. «Ich bin von der Kripo. Es geht um diesen Mann hier.»

Elbers guckte sich das Foto an. «Das ist wohl der, den sie auf ‹Opheys› Parkplatz erschossen haben.» Dann schaute er van Appeldorn ins Gesicht. «Und was hab ich damit zu tun?»

Er fummelte ein zerknautschtes Päckchen filterloser Zigaretten aus der Brusttasche und zündete sich eine an.

«Haben Sie den Mann hier im Dorf gesehen?»

«Allerdings, ich hab sogar mit dem gesprochen. Der war bei mir. Anfang letzter Woche, muss wohl Dienstag gewesen sein. Wollte neue Blätter für seine Scheibenwischer. Konnt' ich aber nicht mit dienen. Der fuhr einen Citroën.» Elbers kniff die Augen zusammen. «Aber ich glaub', das war nur ein Vorwand. In Wirklichkeit wollte der bloß quatschen.»

«Worüber?»

«Ach, der war von der Kiesgesellschaft. Wollte wissen, wie das mit dem Kies hier alles so angefangen hat. Aber da konnt' ich ihm nicht viel drüber sagen. In den Siebzigern war ich ja selbst noch ein Kind, da hatte mein Vater die Werkstatt noch.»

Van Appeldorn schaute ihn aufmunternd an.

«Er hat lauter komisches Zeug gefragt. Ob der Seeweg früher mal länger gewesen wär', zum Wald hin runter. Und ob da früher mal ein Haus gestanden hätt', wo jetzt der Anglersee ist.»

«Und? Hat da mal ein Haus gestanden?»

«Ich glaub wohl, aber ich war ja noch ein Kind, wie gesagt. Und deshalb konnt' ich dem Typ auch nicht viel erzählen. Ich weiß bloß noch, dass wir Kinder, als ich noch ziemlich klein war, im ersten Baggerloch immer schwimmen gegangen sind und dass immer eine Mutter dabei war, die auf uns aufgepasst hat. Keine Ahnung mehr, wer die war. Die hat uns immer mit Wassermelonen gefüttert. Wassermelonen – die kannte ich als Kind gar nicht …»

«Uns geht es um den letzten Samstag, Herr Elbers. Haben Sie Finkensieper an dem Tag auch gesehen?»

«An dem Tag, wo sie ihn kaltgemacht haben? Nee, hab ich nicht.» Er zupfte an seinen Ohrringen. «Konnte ich auch gar nicht. Gestern und vorgestern war ich auf einem Harley-Treffen in Bad Münstereifel. Samstagnachmittag hab ich bei Heino im Café gesessen und mir ein Stück Holländer Kirsch gegönnt.»

Bernie Schnittges hatte schlechte Laune.

Bei seinen Befragungen heute im Dorf war nicht viel herausgekommen, hoffentlich hatte er morgen mehr Glück.

Es war ein langer, trauriger Tag gewesen, und er

würde heute bestimmt nicht mehr mit Lettie auf ein Bier zu van Beek gehen, vielleicht morgen. Schön kühl duschen und dann gleich ins Bett.

Er war gerade vor seinem Haus angekommen, als sein Handy sich meldete.

Misstrauisch schaute er aufs Display und freute sich dann. «Hallo, Mutter, was gibt's?»

Seine Mutter war die Einzige, die wusste, warum er wirklich aus Krefeld weggegangen war, aber sie war klug genug, es nicht anzusprechen. Sie wollte einfach nur wissen, wie es ihm ging. Dann erzählte sie von ihrem Plan, ein Sommerfest zu machen, «damit ich meine ganze Brut mal wieder so richtig betüddeln kann».

Als er das Auto abschloss und ins Haus ging, hatte seine Laune sich deutlich gebessert. Er musste an Finkensiepers Fotoalbum denken. Da waren überhaupt keine Babyfotos gewesen.

Auch Peter Cox war nicht traurig, dass die abendliche Teamsitzung nur kurz gewesen war. Er wollte endlich das Gäste-WC fliesen.

Aber Penny war müde und bedrückt, also änderte er seine Pläne, massierte ihr ausgiebig den Nacken und ließ ihr ein Bad ein. Dann füllte er ein Glas mit irischem Whiskey und brachte es ihr ins Badezimmer. Sie trank einen Schluck, schloss die Augen und stöhnte wohlig.

«Das ist schon besser. Hol dir doch auch ein Glas und komm zu mir in die Wanne.»

Was er auch tat.

«Weißt du, dass ich ein schlechtes Gewissen habe? Normalerweise würde ich noch bis spät in der Nacht über den Akten sitzen. Aber jetzt denke ich ständig nur an dich. Ich bin gar nicht so richtig bei der Sache.»

Sie strahlte leise. «Weißt du was? Wenn wir den Fall abgeschlossen haben, nehmen wir uns ein paar Tage frei und fahren nach England. Ich möchte, dass du meine Familie kennenlernst.»

«Bei der ich dann um deine Hand anhalten werde.»

«Machst du Witze?»

«Eigentlich nicht.»

**Neun**  *Jetzt ist es schon zwei Wochen her, und ich kann es immer noch nicht begreifen: Mama und Papa sind tot, alle beide tot!*

*Ich laufe rum wie immer, mache alles wie immer, und dann überfällt es mich, und ich kann es nicht fassen.*

*Aber das Allerschlimmste ist: Als sie gestorben sind, lag ich mit Kai im Bett.*

*Wir wollten nach Elten auf Tante Marias Silberhochzeit. Mit Mamas Käfer, denn Papa wollte auf der Feier was trinken. Im letzten Moment, bevor es losgehen sollte, habe ich gesagt, dass ich Kopfschmerzen hätte und dass mir furchtbar schlecht wäre. Das hatte ich alles so mit Kai abgesprochen, er saß schon hinten im Obsthof und hat nur darauf gewartet, dass meine Eltern abfahren.*

*Und dann ist ihnen auf der Emmericher Rheinbrücke ein besoffener Holländer frontal in den Wagen gerast. Sie wären beide sofort tot gewesen, sagte der Polizist. Als ob mir das was helfen würde …*

*Ich bin nur müde, und ich kann nicht mehr weinen, so als wäre ich ausgetrocknet.*

*Tante Maria war die ersten paar Nächte bei mir, und irgendjemand aus der Nachbarschaft hat sich um die Tiere gekümmert.*

*Jetzt bin ich wieder allein. Tante Maria wollte mich mit zu sich nehmen, aber ich wollte lieber hierbleiben.*

*Ich will, dass alles so bleibt, wie es ist.*

*Die Frauen aus dem Dorf bringen mir Essen, und sie putzen und waschen für mich, aber sie sagen nicht viel.*

*Renate besucht mich jeden Tag auf ihrem Rückweg von der Schule und redet mit mir. Sie meint, ich soll mir Zeit lassen und erst wieder zur Schule gehen, wenn es mir wieder bessergeht.*

*Wie soll es mir denn bessergehen?*

*Aber nein, nächste Woche gehe ich wieder zur Schule und morgen auch wieder zur Arbeit. Ich muss doch meine Lehre zu Ende machen.*

*Gestern war Vaters Anwalt bei mir, Onkel Kalli, ich kenne ihn schon, seit ich ein Baby war. Er meint, es ist gut, dass ich vor zwei Monaten volljährig geworden bin, das würde alles leichter machen. Ich könnte den Hof verkaufen, er sei schuldenfrei, und ich würde einen guten Preis dafür bekommen.*

*Aber verkaufen werde ich ganz bestimmt nicht, niemals! Der Hof ist mein Zuhause, und Vater würde es auch nicht wollen, das weiß ich.*


*Heute hat mich Renate zu einem Treffen ihrer Gruppe mit holländischen Atomkraftgegnern mitgenommen.*

*Es hat mir gutgetan, über etwas anderes nachzudenken und mich zu engagieren.*

*Als ich wieder zu Hause war, habe ich endlich die Kraft gefunden, Mutters und Vaters Kleider in Müllsäcke zu packen und auf die Tenne zu schaffen. Lettie bringt sie für mich zur*

*Caritas. Sie ist immer so praktisch und so nett zu mir. Sie will eine Theatergruppe gründen und mich dabeihaben, wenn es so weit ist. Ich und Theater! Das habe ich ihr natürlich nicht gesagt, denn ich weiß ja, dass sie mich nur trösten will. Und das kann sie besser als die meisten anderen.*

*Morgen melde ich mich zum Führerschein an. Ich muss ja jetzt alles allein erledigen, und dafür reicht mein Mofa nun mal nicht. Und Vaters Mercedes soll nicht ungenutzt vor sich hin rosten.*

*In der Schule gehen sie immer noch komisch mit mir um. Keiner lacht mehr, wenn ich in der Nähe bin, und das macht mich ganz wütend. Karen ist sehr lieb zu mir, nimmt mich immer wieder in den Arm und erklärt mir, dass mit der Zeit alles leichter würde. Tja ...*

*Und Kai? Der will mir dauernd einen Joint aufschwatzen, mir würde es dann wenigstens für eine Weile gutgehen. Aber ich will das blöde Zeug nicht. Einmal hat er sich Stefans Wohnungsschlüssel geliehen, und wir haben miteinander geschlafen. Aber es war furchtbar, hinterher habe ich geheult wie ein Schlosshund, weil ich immer daran denken musste ...*

*Besuchen will Kai mich nicht, noch nicht. Es wäre ihm einfach noch zu deprimierend, sagt er.*

*Meine Eltern sind noch keine drei Monate unter der Erde, und schon stürzen sich die Geier auf mich. Die KGG natürlich vorneweg. Aber ich verrecke eher, als dass ich Vaters Land wegbaggern lasse!*

*Und so ziemlich jeder Bauer aus dem Dorf war da und*

*wollte mir was abluchsen oder mich belatschen, dass ich an die Kiesmafia verkaufe.*

*Ich bin froh, dass ich mich immer für unseren Hof interessiert habe und Vater mich auf dem Laufenden gehalten hat, denn jeder, der bei mir war, wollte mich übers Ohr hauen.*

*Aber natürlich muss ich endlich was unternehmen, denn ich schaffe es nicht mehr alleine. Am Anfang hat mir die viele Arbeit gutgetan, weil sie mich vom Denken und Weinen abgehalten hat, aber jetzt wächst mir alles über den Kopf, und es tut mir auch in der Seele weh, das Land brachliegen zu lassen. Außerdem ist Vaters Sparbuch so gut wie leer. Was allein schon die Beerdigung und der Grabstein gekostet haben!*

*Ich habe also einen Plan gemacht: Das Milchvieh verkaufe ich, nur Flora will ich behalten, sie lässt sich gut mit der Hand melken. Rinder und Schweine gehen auch weg. Ich behalte nur ein paar Ferkel, die Hühner und vielleicht einige Gänse. Melkmaschine, Mähdrescher und ein paar von den größeren Maschinen habe ich schon ins «Landwirtschaftliche Wochenblatt» gesetzt, aber den Trecker gebe ich erst mal noch nicht weg. Die Äcker und Wiesen kann ich alle verpachten, es waren ja genug Interessenten da. Onkel Kalli wird dafür sorgen, dass ich einen anständigen Preis dafür kriege. Davon dürfte ich gut leben und sicher auch noch sparen können. Viel brauche ich ja nicht, ich habe dann ja noch unseren großen Nutzgarten und die Obstwiese. Und wenn es einmal hart auf hart kommt, kann ich immer noch Land verkaufen – aber nur an einen Bauern, nicht an die KGG.*

*Ab jetzt trifft sich unsere Anti-AKW-Gruppe immer bei mir. Ich habe schließlich jede Menge Platz. Wir haben Vaters Büroschrank für unsere ganzen Papiere ins Esszimmer gerückt, und dort ist jetzt unsere Schaltzentrale. Im Augenblick treffen wir uns jeden Mittwoch, denn wir wollen bald die einzelnen Gruppen zusammenlegen zu einer Bürgerinitiative «Stop Kalkar», und da ist eine Menge Vorarbeit zu leisten. Außerdem brauchen diejenigen, die gegen die Genehmigung des Brüters klagen, finanzielle Unterstützung, und dafür müssen wir Spenden sammeln.*

*Heute bin ich zum ersten Mal mit dem Auto zur Schule gefahren. Die haben vielleicht alle Augen gemacht, ich hatte nämlich niemandem erzählt, dass ich mit dem Führerschein dran war. Bloß Renate hat ein bisschen die Nase gerümpft und gemeint, so eine Bonzenschleuder würde doch nicht zu mir passen, ich sollte mir doch lieber eine Ente oder einen R4 anschaffen. Vielleicht mache ich das irgendwann, aber erst einmal fahre ich Vaters Wagen, schon weil er immer noch nach seinen Zigarillos riecht.*

*Kai war total begeistert. Wir hatten es so gedreht, dass wir gleichzeitig zwei Wochen Urlaub haben, und er wollte dann zu mir auf den Hof kommen. Aber jetzt meinte er, wenn ich doch das Auto hätte, könnten wir einfach in den Süden abzischen und richtig Urlaub machen. Ich hab ihn gefragt, wie er sich das vorstellt, ob Flora sich selbst melken soll, und gefüttert und gemistet muss ja auch werden. Aber er meinte, ich könnte ja die Nachbarn fragen. Der hat gut reden! Mein nächster Nachbar ist Goossens, und der redet kein Wort mehr* mit mir, seitdem ich die Typen von der KGG habe abblitzen lassen. Auch die anderen werden mir was husten. Ich kann sie schon hören: «Damit die junge Dame in Urlaub fahren kann. In Urlaub! Hat unsereins jemals Urlaub gemacht? Ein Bauer fährt nicht in Urlaub.»

Kai war ganz schön sauer. «Du bist doch kein Bauerntrampel.» Aber dann hat er sich doch wieder eingekriegt und ist mit nach Kessel gekommen. Wir wollen nämlich morgen nach Nimwegen. Kai kennt da einen Dealer, der erstklassigen Stoff verkauft, und ich will mir noch mehr indische Klamotten kaufen und Henna für meine Haare.

Tante Maria hat angerufen. Im Dorf würde man sich das Maul zerreißen, weil ich mit einem Mann zusammenlebte. Ich habe ihr erzählt, dass meine Eltern gewusst hätten, dass ich einen Freund habe, und dass sie Kai gut hätten leiden können. Ich hatte schon ein schlechtes Gewissen dabei, aber eigentlich geht es doch keinen etwas an, was ich tu. Sonst erwarten doch auch alle von mir, dass ich auf eigenen Füßen stehe. Ich lasse mir meinen Urlaub von keinem vermiesen.

Wir haben eine so tolle Zeit, Kai und ich, bekochen uns, füttern uns gegenseitig. Das Wetter ist herrlich, und ich habe uns ein großes Planschbecken gekauft (Kai hat sein ganzes Geld für Haschisch ausgegeben, aber das macht nichts, ich habe ja genug), das wir im Obsthof aufgestellt haben. Den ganzen Tag liegen wir nackt in der Sonne und springen zwischendurch ins Wasser. Und abends, wenn es dunkel ist, legen wir Musik auf (Kai hat tolle psychedelische Kassetten), ziehen einen Joint durch und machen Liebe unterm Sternenhimmel. Es ist irre

romantisch, und mir geht es zum ersten Mal wieder ein bisschen gut. Und wenn ich an meine Eltern denken muss und
traurig werde, gehe ich einfach aufs Klo oder in die Badewanne,
damit Kai nichts merkt. Er ist super, verzichtet sogar auf seine
LSD-Trips, weil er weiß, dass ich Angst davor habe.

Gestern war ich im Dorf, um Brötchen zu holen. Und als ich
aus der Bäckerei komme, steht plötzlich die alte Goossens da
und spuckt mir vor die Füße. Ich war so geschockt, dass ich
gar nichts sagen konnte. Aber als ich dann nach Hause ging,
wusste ich auf einmal, was ich tun werde: Ich mache eine WG
auf! Die sollen doch mal sehen, diese Scheißspießer.

**Zehn**  Als Bernie Schnittges aufwachte, dämmerte es gerade erst. Er hatte acht Stunden fest geschlafen und fühlte sich ausgeruht. Zeit, endlich wieder mit dem Laufen anzufangen. Ins Dorf bis zur Kirche und dann außen herum zurück, das dürfte die richtige Strecke für den Anfang sein. Hinterher bliebe auch noch genug Zeit fürs Frühstück.

Er ließ es langsam angehen, war aber trotzdem ein bisschen außer Puste, als er bei der Kirche eine Pause einlegte. Das Dorf schlief noch, keine Menschenseele war zu sehen.

Die Kirche lag idyllisch am Ufer der Niers, die hier zügig floss. Ein hauchfeiner Nebelschleier lag über dem Wasser.

Am Wanderweg stand eine Tafel mit einer Karte von Kessel. Schnittges fand den Seeweg, den Parkplatz bei «Ophey» und Letties Straße. Sie wohnte also im Ortsteil Nergena.

Vor der Kirche stand ein Brunnen, der neu aussah, Kugeln und Scheiben, Kaiser-Otto-Brunnen, las er, eine Inschrift auf einer Backsteinstele, alles lateinisch, Kaiser Otto III., 980–1002. Schnittges durchforstete sein Gedächtnis, in Geschichte war er immer gut gewesen. Otto III., das war einer von den Sachsenkönigen gewesen, schon als Kleinkind gekrönt, als Jugendlicher dann zum deutschen Kaiser ...

Dann entdeckte Bernie die Tafel mit den Erläuterungen auf Deutsch. Aha, er hatte also richtiggelegen, nicht schlecht ... Und dieser berühmte Mann war hier ganz in der Nähe geboren worden, im Ketelwald? Ketel ... Kessel? Ja, vielleicht.

So so, da war er also unversehens an einen geschichtsträchtigen Ort gezogen ...

Er stützte sich gegen die Tafel und machte ein paar Dehnübungen, dann trabte er wieder los.


Penny klingelte an der Tür des Hauses, das direkt neben dem Gasthof lag und das wohl kürzlich erst auf Vordermann gebracht worden war. Die Dachpfannen schimmerten, auch die Fenster und die Haustür im Landhausstil schienen neu zu sein. Auf dem getöpferten Schild über der Klingel stand «Krüger».

Die junge Frau, die öffnete, wirkte ein wenig mitgenommen. Das dunkle Haar war zerzaust, auf dem rosa T-Shirt zeichneten sich unter beiden Brüsten dunkle Flecken ab.

Sie legte den Finger auf die Lippen und schaute Penny flehend an. «Bitte leise, das Baby ist endlich eingeschlafen.»

Penny hatte ihren Ausweis schon bereitgehalten. «Ich bin von der Kriminalpolizei. Sind Sie Frau Krüger?»

«Ja», antwortete die Frau, und ihre Augen weiteten

sich erschrocken. «Ist etwas passiert? Mit meinem Mann?»

«Nein, es ist nichts passiert», beschwichtigte Penny sie schnell. «Es geht um den Mord am Samstag. Darf ich einen Augenblick hereinkommen?»

«Ja, sicher.» Frau Krüger hielt ihr die Tür auf. «Gehen Sie schon mal durch ins Wohnzimmer. Ich muss mir nur schnell einen Becher Kaffee aus der Küche holen. Ich bin völlig erschlagen. Wissen Sie, unsere Tochter ist erst sieben Wochen alt, und sie hat die ganze Nacht geschrien, Blähungen. Wollen Sie auch eine Tasse?»

«Nein, danke.»

Die Frau war schnell zurück. «Tut mir leid, ich stehe ein bisschen neben mir.» Sie ließ sich auf dem Sofa nieder und stellte den dampfenden Becher auf dem Couchtisch ab. Dabei entdeckte sie die Flecken auf ihrem T-Shirt. «Du lieber Himmel, ich bin schon wieder ausgelaufen!»

Sie zögerte, machte dann aber eine wegwerfende Handbewegung und ließ sich in die Polster sinken. «Erst halb zehn, und ich bin schon völlig geschafft. Ich musste heute auch noch unsere Zwillinge in den Kindergarten bringen. Sie sind schon vier und könnten eigentlich alleine gehen, sind ja nur ein paar Meter. Das haben sie sonst auch gemacht, aber seit die Kleine da ist, geht überhaupt nichts mehr ohne Mama.»

Penny zeigte ihr das Foto. «Kennen Sie den Mann?»

«Ist das der Ermordete? O Gott! Ja, ich meine, ich habe nicht mit ihm gesprochen oder so, aber ich habe ihn vorige Woche ein paarmal gesehen. Morgens, wenn ich meine Jungs zum Kindergarten gebracht habe. Da kam der Mann immer aus dem Gasthof, packte seinen Laptop ins Auto und fuhr weg.»

«War er immer allein?»

«Ja, und er hat immer sehr nett gegrüßt.»

«Haben Sie ihn auch am Samstag gesehen?»

«Am Samstag? Nein, bestimmt nicht, samstags ist ja kein Kindergarten. Am Wochenende hat mein Mann frei, da übernimmt er morgens die Kinder. Ich stille die Kleine um sechs, und dann lege ich mich wieder hin.»

«Ich danke Ihnen.» Penny stand auf und machte sich auf den Weg zur Tür. «Wohnen Sie schon lange hier?»

«Erst ein knappes Jahr.»

«Und? Gefällt es Ihnen im Dorf?»

«Eigentlich schon.» Die Antwort kam zögernd. «Es ist nur, in letzter Zeit habe ich so Horrorgeschichten gehört. Die Niers hat wohl öfter Hochwasser, und wenn sie über die Ufer tritt, gelangt der ganze Dreck in die Baggerseen und dadurch natürlich ins Grundwasser. Da macht man sich doch Sorgen, gerade auch wegen der Kinder. Deshalb überlegen wir, ob wir das Haus nicht doch wieder verkaufen.»

Schnittges ging zum Haus, das gegenüber vom Hoteleingang stand, und schellte.

Es dauerte lange, bis er schlurfende Schritte hörte und die Tür geöffnet wurde.

«Herr Willemsen?»

«Ja, der bin ich.»

«Heinz?» Hinter ihm kam eine kleine Frau angewatschelt. Die beiden mussten über achtzig sein.

«Entschuldigen Sie die Störung. Mein Name ist Schnittges, ich bin von der Kripo.» Bernie hielt dem Mann seinen Ausweis hin, doch der winkte ab.

«Lassen Sie es gut sein, ich glaube Ihnen auch so.» Er trug zwei Hörgeräte.

«Sie sind wohl wegen dem Mord hier.» Die Frau stand jetzt dicht neben ihrem Mann. «Damit haben wir nichts zu tun. In unserem Alter!» Sie guckte kiebig.

«Ich möchte Ihnen nur ein Foto zeigen und wissen, ob Sie den Mann kennen.»

Die Alte grapschte sich das Foto und hielt es dicht vor ihr Gesicht.

Ihr Mann stöhnte. «Jetzt gib mir schon das Bild, du kannst doch sowieso nichts erkennen, blind wie eine Fledermaus.» Er betrachtete das Foto. «Doch, doch, den haben wir ein paarmal gesehen. Das ist dieser Rötzerige, Bertel.»

«Der rothaarige junge Mann», korrigierte sie ihn überlaut.

Willemsens linkes Hörgerät fiepste, er verzog schmerzhaft das Gesicht und fasste sich ans Ohr. «Das macht die extra», wisperte er, «wegen der Fledermaus.» Er trat einen Schritt zur Seite. «Wie gesagt, den haben wir letzte Woche gesehen», fuhr er lauter fort. «Wir gehen nämlich jeden Mittag spazieren, wissen Sie. Äh, wie hieß der Mann eigentlich?»

«Finkensieper.»

«Finkensieper … Finkensieper … nein, sagt mir nichts.»

«Nach dem Essen sollst du ruhn oder tausend Schritte tun», rezitierte seine Frau und kicherte.

«Wann und wo genau haben Sie den Mann denn gesehen?»

«Auf dem Friedhof, zweimal», antwortete Willemsen. «Weißt du noch, wann das war, Bertel?»

«Anfang letzter Woche und vor ein paar Tagen.»

«Das war am Samstag», erinnerte sich der Alte, «jetzt weiß ich es wieder. Wir haben überlegt, welchen Kuchen du backen sollst, weil Sonntag doch die Kinder gekommen sind.»

Schnittges mochte es gar nicht glauben, dass er endlich einen Treffer gelandet zu haben schien.

«Um wie viel Uhr am Samstag?», fragte er.

«Könnte so kurz nach eins gewesen sein.» Willemsen überlegte gründlich. «Wir essen um zwölf, bis wir fertig sind und gespült haben … dann das Stück bis zum Friedhof … Ich würde schätzen, so Viertel nach eins, ja.»

«War der Mann allein?»

«Ja, außer uns war da keiner.»

«Was hat er gemacht?»

«Sich die Grabsteine angeguckt.»

«Haben Sie mit ihm gesprochen?»

«Nein», antwortete die Frau. «Der sah nicht so aus, als wollte er gestört werden. Und das tut man ja auch nicht, auf einem Friedhof, gehört sich nicht.»

«Hatte der Mann irgendetwas bei sich?»

«Ich habe nichts gesehen.»

«Doch», meinte Willemsen, «der hatte so eine dünne schwarze Aktentasche dabei.»

«Am Samstag auch?»

«Am Samstag auch.»

«Finkensieper hat bei van Beek gewohnt. Haben Sie …»

«Der soll bei van Beek gewohnt haben? Das kann ich nicht glauben. Die vermieten doch schon lange keine Zimmer mehr.»


Gegen Mittag setzte sich das Team kurz zusammen. Van Appeldorn hatte in einer Bäckerei für alle belegte Brötchen besorgt.

«Ich wollt' schon dat Pizzataxi kommen lassen», sagte Ackermann, «aber wenn Norbert die Spendierhosen anhat, umso besser.»

Cox meldete sich als Letzter zu Wort. «Die Kollegen in Radevormwald bemühen sich redlich, aber sie haben Finkensiepers Eltern immer noch nicht erreicht. Und der Tote ist offiziell noch nicht identifiziert. Wir sollten Wehmeyer bitten.»

«Lass uns noch ein, zwei Tage warten», entgegnete van Appeldorn. «Irgendwann müssen die Eltern doch wieder in der Zivilisation auftauchen.»

«Wie du meinst», sagte Cox. «Dann also weiter im Text: Ich habe mit Arnsberg gesprochen. Die neue Auskiesungsfläche liegt zwischen der Niers und Graefenthal.» Er ging zur Tafel, an der er eine Karte von Kessel und Umgebung aufgehängt hatte. «Genau hier. Das Grundstück gehört Kurt Goossens, der auch liebend gern verkaufen würde. Leider gibt es Probleme mit der Abbaugenehmigung, weil der neue Besitzer von Graefenthal, ein gewisser Hubert Grantner, dagegen geklagt hat.»

«Was ist denn das, Graefenthal?», fragte Penny.

«Ein altes Kloster in Kessel», antwortete van Appeldorn.

«Da haste aber Sand dran», widersprach Ackermann, «dat liegt schon auf Asperdener Grund.»

Van Appeldorn ließ sich nicht beirren. «Was früher zu Kessel gehört hat. Es ist ein Kloster aus dem dreizehnten Jahrhundert, gegründet von Graf Otto III. von Geldern für Zisterzienserinnen.»

«Meine Fresse, has’ du ’n Geschichtsbuch gefrühstückt?»

Van Appeldorn lächelte müde. «Ich war vor ein paar Wochen mal sonntags mit meiner Familie dort. Graefenthal war einmal eine wohlhabende Abtei mit eigenen Bauernhöfen, Wassermühlen, Ackerland und Wald. Die Nonnen haben sich um gefallene Mädchen gekümmert. In der Zeit der Säkularisierung ist es dann geräumt worden, die Klosterkirche wurde abgerissen, der Rest ist zweihundert Jahre lang verfallen. Jetzt hat es dieser Grantner gekauft und will es wieder instand setzen.»

«Wat will der?», rief Ackermann. «Dat is’ ’n knallharter Geschäftsmann, ’n Eventmanager, wie ich gehört hab. Der will da 'n Hotel draus machen oder irgendwat für Großveranstaltungen. Instand setzen, dat ich nich' lache! Der hätte fast dat Grab von diesem Otto von Geldern plattgemacht, aber Gott sei Dank is' ihm der Denkmalschutz auf die Schliche gekommen.»

«Das mag ja alles sein», sagte Cox kühl. «Auf alle Fälle wehrt sich der Mann vehement dagegen, dass sein Kloster demnächst mitten im Wasser steht. Und so, wie ich es bei den Arnsbergern herausgehört habe, handelt es sich bei Grantner um einen unangenehmen Zeitgenossen.»

«Dann sollten wir uns den Kerl mal zur Brust nehmen», meinte Schnittges. «Wohnt er da auf dem Anwesen?»

«Ja», antwortete van Appeldorn, «ich habe mich damals kurz mit ihm unterhalten.» Er schaute sie der Reihe nach an. «Wenn ihr nichts dagegen habt, dann würde ich ihn mir gern vornehmen, in Ordnung? Und vielleicht hast du Lust mitzukommen, Penny. Der alte Kreuzgang ist wirklich schön.»

«Ich habe nichts gegen ein bisschen Sightseeing», nickte Penny.

«Und wir zwei, Bernie, gehen weiter Klinken putzen», sagte Ackermann munter.


Penny war entzückt, als sie durch das Torhaus in den großen Innenhof traten. «Hier könnte man doch wunderbar mittelalterliche Märkte veranstalten und für ein paar Wochen im Jahr das alte Klosterleben nachspielen, so wie bei uns in England», schwärmte sie.

Van Appeldorn erinnerte sich nur zu gut an die ‹Worcester Militia›, die in Kleve eine Schlacht aus dem Spanisch-Niederländischen Krieg nachgestellt hatte, und er wusste, dass es in Großbritannien viele Historiengruppen der verschiedensten Epochen gab.

«Das könnte ein Juwel sein, wenn man es restauriert, ich meine, behutsam, dass es wieder so aussieht, wie es einmal war. Ein tolles Licht und diese herrlichen alten Bäume! Ist das da vorn der Kreuzgang?»

Van Appeldorn musste schmunzeln. Sie sah, was sie sehen wollte, schien das wuchernde Unkraut, die alten verrosteten Maschinen und Ölfässer gar nicht wahrzunehmen.

In einem langen Gebäude links, dem eine Wand fehlte und dessen marodes Schieferdach hier und da nachlässig mit Wellblech geflickt war, standen mehrere alte Autos mit polnischen Kennzeichen.

Penny runzelte fragend die Stirn.

«Grantner hat für die groben Arbeiten ein paar Polen eingestellt», erklärte van Appeldorn. «Sie wohnen im Torhaus.»

«Dann scheinen sie nicht sehr anspruchsvoll zu sein», bemerkte Penny trocken, nachdem sie einen Blick auf die Rückfront des Gebäudes geworfen hatte.

In dem Haus, das sich im rechten Winkel an den Kreuzgang anschloss, wurde eine Tür geöffnet, und ein Mann kam heraus.

«Ah», stellte van Appeldorn fest, «da kommt der Chef ja auch schon.»

«Ich wette, der ist aus Bayern», flüsterte Penny, und als sie van Appeldorns überraschtes Gesicht sah, fuhr sie fort: «Die Bajuwaren sehen doch alle gleich aus, ist dir das noch nie aufgefallen? Groß, breit, dicker Schädel, flacher Hinterkopf.»

Van Appeldorn hatte das Wort «Kies» noch nicht ganz ausgesprochen, als Grantner schon lospolterte: «Wenn ich ein Wasserschloss hätte haben wollen, hätte ich mir ein Wasserschloss gekauft! Diese ‹Seen›, wie die sie so schön nennen, passen doch überhaupt nicht in die Landschaft hier. Wenn man diese Mafia gewähren lässt, hacken die noch den ganzen Reichswald um und setzen ihn unter Wasser! Und könnt ihr mir erklären, wie ich hier Events veranstalten oder Zimmer vermieten soll, wenn Tag und Nacht der Bagger läuft? Aber mit mir nicht, meine Herren, nicht mit mir! Und wenn ich bis nach ganz oben gehen muss.»

Penny hielt ihm Finkensiepers Foto unter die Nase. «Kennen Sie diesen Mann?»

Grantner schüttelte den Kopf. «Sollte ich?»

Penny zuckte die Achseln. «Er hat als Anwalt für die KGG gearbeitet.»

«Und wenn!» Grantner schnaubte abfällig. «Mit so kleinen Fischen gebe ich mich gar nicht erst ab.»

«… und ist am Samstag drüben bei ‹Ophey› erschossen worden», fuhr Penny fort, als hätte er nichts gesagt.

Grantner lief dunkelrot an. «Ja, Herrgottsakra, seid's ihr narrisch?» Er gab ein paar rüde Flüche von sich. «Damit habe ich nichts zu tun!»

«Wo waren Sie denn am Samstag zwischen 18 und 20 Uhr?»

«Wo ich war? Sie fragen mich allen Ernstes, wo ich war?»

«Ja, das tu ich.» Penny schien zehn Zentimeter gewachsen zu sein.

Grantner brüllte vor Lachen. «Das kann ich Ihnen sagen. Da war ich auf dem Weg nach Köln. Dort gibt es nämlich einen erstklassigen Puff, wo ich einen äußerst unterhaltsamen Abend verbracht habe.»

«Wie ausnehmend schön für Sie. Sie haben sicher noch die Getränkerechnung.»

«Ja, verdammt! Und Zeugen gibt's da auch jede Menge.»

Bernie Schnittges hatte Lettie angerufen. «Hast du Lust, mit mir auf ein Bier zu van Beek zu gehen? Ich lade dich ein und hole dich ab.»

«Mit Vergnügen, mein Lieber. Aber muss es ausgerechnet bei van Beek sein?»

«Ich fürchte, ja ...»

«Na denn, gib mir eine halbe Stunde, damit ich mich für dich in Schale werfen kann.»

«Herr Kriminalkommissar, wie kann ich Ihnen behilflich sein?» Manfred van Beek begrüßte Schnittges so laut, dass alle Gäste im Lokal zur Tür schauten.

Bernie sah Lettie fragend an.

«Für mich ein Alster», sagte sie.

«Okay, dann ein Alster und ein Pils, bitte.»

«Ach, heute mal nicht im Dienst.» Van Beek grinste breit. «Getränke kommen sofort.» Er zeigte zum Fenster. «Der beste Tisch ist noch frei.»

Bernie hakte Lettie unter. «Wollen wir?»

Es war nur noch ein weiterer Tisch besetzt, zehn Jugendliche, sieben Jungen und drei Mädchen, die alle Cola tranken. Lettie zwinkerte ihnen zu, worauf ein Mädchen und ein Junge sofort den Blick senkten.

«Das sind die Jungschützen», erklärte Lettie, nachdem sie sich gesetzt hatte. «Und die beiden, die gerade so tun, als wären sie gar nicht da, sind in unserer Theatergruppe. Das ist ihnen ein bisschen peinlich. Dabei haben sie Spaß an der Schauspielerei und sogar Talent.»

Van Beek brachte die Getränke und hantierte umständlich mit den Bierdeckeln.

An der Theke standen dicht beieinander sechs Männer, alle so um die siebzig, und hielten sich an ihren Biergläsern fest.

«Die zwei sind die einzigen Jüngeren beim ‹Tingeltangel›, plauderte Lettie weiter. «Sonst sind wir nur olle Puten und ein paar eitle alte Männer. Dich schickt also der Himmel. Endlich ein jugendlicher Liebhaber! Da sieht es mit der Stückeauswahl doch gleich ganz anders aus.»

Bernie musste lachen. «Na, ich weiß nicht, jugendlich …»

«Du fischst nach Komplimenten, mein Lieber. Wie alt bist du? Dreißig?»

«Ich werde bald vierunddreißig.»

«Na bitte, im besten Mannesalter.»

Sie nahm ihr Glas Alsterwasser und trank es in einem Zug halb leer.

«Man hat aber auch einen Durst bei dieser Wärme! Also hör zu, im Mai fangen wir mit einer neuen Produktion an. Du bist doch dabei? Darfst auch das Stück mit aussuchen», lockte sie.

«Natürlich bin ich dabei, wenn ich es zeitlich irgendwie hinkriege.»

«Das wirst du schon, am Anfang proben wir nur einmal die Woche. Im Landhaus Küppers, die haben einen großen Saal mit Bühne. Der Landhauschef steht übrigens an der Theke. Der mit der Glatze.»

Bernie schaute hinüber und nickte. «Jungschützen», meinte er dann. «Gibt es noch mehr Vereine im Dorf?»

Lettie lachte hell auf. «Noch mehr Vereine? Hier wirst du von Vereinen erschlagen. Angelsportverein, Kirchenchor, Kinderchor, Landfrauen, Fußball, Tennis, Heimat- und Verkehrsverein …»

Bernie betrachtete sie. Sie war klein und kompakt, hatte aber immer noch ein zartes Gesicht mit hohen Wangenknochen und klaren grauen Augen. Das wellige weiße Haar trug sie locker aus dem Gesicht gekämmt. Man sah ihr an, dass man es nicht immer gut mit ihr gemeint hatte, trotzdem glühte sie vor Leben.

«… die Messdiener, der Schützenverein, der jedes Jahr die Nikolausfeier bei Küppers ausrichtet, der ‹Eilbote Kessel› …»

«Eilbote?»

«Das ist der Taubenzuchtverein», erklärte Lettie. «Jetzt geht mir langsam die Puste aus. Ach ja, und dann kann man bei uns noch Pferde segnen lassen.»

«Du willst mich veräppeln!»

«Keineswegs, Pferdesegnung jedes Jahr am zweiten Weihnachtstag zum Patronatsfest.»

Bernie schüttelte den Kopf. «Und du, Lettie? In welchen Vereinen bist du?»

«In keinem, ich bin überhaupt kein Vereinsmeier. Ich komme ja auch nicht aus Kessel, aber ich wohne schon zweiunddreißig Jahre hier.»

«Ich weiß, du bist Holländerin, obwohl man das kaum noch hört. Die ganzen zweiunddreißig Jahre in einer Frauen-WG?»

«Um Gottes willen, was glaubst du, was da über uns getratscht worden wäre, damals in den Siebzigern? Nein, nein, so war es nicht.» Sie seufzte tief. «Es gibt da ein dunkles Geheimnis in meinem Leben. Ursprünglich komme ich aus Utrecht und war dort Krankenpflegerin. Da habe ich ein Techtelmechtel mit dem Chefarzt angefangen. Die alte Geschichte, du weißt schon, die ewige Geliebte. Es hat vierzehn Jahre gedauert, bis ich endlich kapiert hatte, dass er seine Frau niemals verlassen würde.»

Bernies Herz machte einen kleinen Satz.

«Etwa zur gleichen Zeit starb der Mann meiner besten Freundin, und sie war furchtbar einsam», fuhr Lettie fort. «Und so bin ich dann hierher zu Monique gezogen, quasi aus Utrecht geflohen. Und vor sechs Jahren ist dann noch meine Cousine dazugekommen, als sie in Rente gehen musste. Sie war Lehrerin in Hilversum.»

«Ich kann es kaum glauben.» Bernie gab sich einen Ruck. «Ich bin aus Krefeld geflohen, Lettie. Ich hatte eine Affäre mit der Frau meines Chefs. Keiner wusste davon. Und ich war so blöd, mich richtig in sie zu verlieben.» Er starrte ins Leere.

Lettie griff nach seiner Hand. «Und für sie war alles nur ein Abenteuer, richtig?»

«Richtig! Und da habe ich mich lieber vom Acker gemacht.»

«Kluger Junge.» Sie tätschelte ihn. «Lass uns noch ein Glas auf unsere dunklen Geheimnisse trinken.»

Als van Beek die Getränke brachte, war er nicht mehr ganz sicher auf den Beinen.

«Alter Saufkopp», raunte Lettie. «Hat den Laden hier ganz schön runtergewirtschaftet. Seine Frau hat schlimmes Rheuma, aber das kümmert ihn nicht weiter. Ständig lässt er sie mit dem Betrieb hier allein und geht lieber auf die Jagd. Küppers dahinten ist auch so einer. Der war mal ein guter Koch, und sein Landhaus florierte, aber dann hatte er nur noch seine Vereine im Kopf. Heute öffnet er das Restaurant nur noch in der Spargelsaison. Es ist mir ein Rätsel, wie er über die Runden kommt.»

«Rente, wahrscheinlich.»

«Hm, der neben Küppers ist übrigens der alte Schulrektor, Adolf Pitz. Der hat sich mal berufen gefühlt, bei uns im Theater Regie zu führen. Hat er aber bald wieder aufgegeben, war ja mit Arbeit verbunden. Seitdem mache ich das wieder. Seine Frau ist bei uns Kassenführerin. Die ist nett.»

Ein weiterer Mann war hereingekommen und hatte sich zu den Thekenstehern gesellt. «Mach mal eine Runde Wacholder, Manni», befahl er. «Geht auf mich.»

Van Beek salutierte albern.

«Und wer ist jener feine Herr?», wollte Bernie wissen.

Lettie schnaubte. «Oh, das ist Goossens, der Kaiser von Kessel. Dessen Wort war hier mal Gesetz, jeder Furz von dem wurde eingerahmt. Aber heute ist das nicht mehr so. Die Zeit hat ihn überholt, ihn und seinesgleichen. In den letzten Jahren sind viele junge Familien von außerhalb hergezogen. Für kleine Kinder ist es ja auch herrlich hier. So», sie streckte die Arme aus und reckte sich, «genug gelästert.»

Bernie schmunzelte. «Sag mal, kann man in dem Laden hier auch was essen?»

«Kalte Frikadellen.» Letties Miene wurde finster. «Aber davon würde ich die Finger lassen. Du hast also Hunger. Ich hätte ja Lust auf einen Döner. Lass uns doch rüber zu Ahmed in die Imbissbude gehen. Dann kannst du mir auch erzählen, wie es mit euren Ermittlungen läuft. Falls du das darfst.»

«Gern, und du sagst mir, was du bei den Grünen über die Kiespläne erfahren hast. Ach ja, ein Kollege lässt fragen, ob es im Dorf irgendwelches Kroppzeug gibt.»

122

«Kroppzeug?»

«Na, Verrückte, Bekloppte, Geisteskranke.»

Lettie kicherte. «Jede Menge, wenn du mich fragst, nur ist es noch keinem von denen bescheinigt worden.»

Van Beek sah, dass sie aufstanden, und winkte. «Die Getränke gehen aufs Haus», rief er. «Als Willkommensgruß. Schönen Abend noch, Lettie.»

**Elf**  *Wir haben endlich die Bürgerinitiative «Stop Kalkar»
gegründet und planen für den Herbst eine große Demo auf dem
Marktplatz und am Brüter.*

*Aus unserer WG ist nur Karen mit dabei, die anderen
haben es nicht so mit Politik.*

*Im Moment büffeln wir alle für unsere Abschlussprüfung.
Nur Stefan nicht, der ist ja schon Geselle und hat eine gute
Stelle als Koch in einem Hotel in Goch.*

*Und Kai auch nicht, der hat nämlich im letzten Herbst
seine Lehre geschmissen, er kam mit seinem Chef nicht klar.
Daraufhin haben ihn seine Eltern rausgeworfen, was ihm aber
nichts ausgemacht hat, weil er ja sowieso schon die meiste Zeit
bei mir wohnte. Er meinte, dann wäre er ab jetzt eben Bauer
und würde sich um den Hof kümmern. Na ja …*

*Die Prüfung ist geschafft, wir haben alle bestanden. Der Chef
hat mir nicht mal gratuliert, aber der hat mich ja schon seit
Monaten wie Luft behandelt.*

*Die anderen haben alle eine Stelle gefunden. Karen ist in
ihrem Betrieb in Kempen übernommen worden. Ihre Eltern
haben ihr einen alten Käfer gekauft, damit sie von Kessel aus
zur Arbeit kommt. Volker hat eine Stelle in Geldern, er fährt
jeden Tag mit dem Zug, für den Weg zum Bahnhof nimmt*

er mein altes Mofa. Er und Monika haben sich getrennt, und sie ist zu ihren Eltern zurück. Für sie ist ein alter Kumpel von Stefan eingezogen, Ronald, der ist schon vierundzwanzig und Künstler. Schweißt den ganzen Tag hinten in der Scheune irgendwelchen Schrott zusammen und sagt nicht viel. Na ja, wenigstens legt er jeden Monat Geld in die Gemeinschaftskasse, was bei Monika nicht immer der Fall war.

Ich habe lange überlegt, aber ich werde mir keine Stelle suchen. Ich will den Hof erhalten, das wäre auch im Sinne meiner Eltern. Und der macht Arbeit genug. Ich habe den Nutzgarten vergrößert und baue jetzt auch Kartoffeln an. Ich finde es gut, wenn wir möglichst autark sind und nur wenig von anderen kaufen müssen. Dann habe ich mir das tolle Buch gekauft, von dem alle so schwärmen: ‹Das Leben auf dem Lande›, und ab jetzt mache ich selbst Butter, Quark und Käse und backe Brot. Und wenn erst das Obst und die Beeren reif sind, koche ich nicht einfach nur ein, sondern mache auch Saft, Marmelade und Chutneys. Das alles ist eine große Freude für mich, und die anderen helfen, wenn sie zu Hause sind, auch gerne mit. Alle, bis auf Kai. Der ist jetzt schon morgens so zugedröhnt, dass er nichts mehr auf die Reihe bringt. Oder er baut irgendeinen Scheiß, wie zum Beispiel hinter der Scheune eine Hanfplantage anzulegen. Ich habe das ganze Zeug sofort untergegraben. Die Bullen haben uns wegen «Stop Kalkar» sowieso schon auf dem Kieker.

Die Vorbereitungen für die Demo laufen auf Hochtouren. Wir erwarten AKW-Gegner aus ganz Deutschland, sicher Tausende. Bei uns in der Gegend spielen die Leute verrückt. In der Zeitung steht was von Chaos und dass sich die Einwohner von Kalkar in ihren Häusern verbarrikadieren wollen. Sogar im Fernsehen wird berichtet, man warnt vor Kommunisten und Randale. Aber das hilft ihnen alles nichts. Schließlich gibt es bei uns Demonstrationsfreiheit, und das Land hat die Veranstaltung genehmigen müssen.

Am AKW haben sie tatsächlich Wassergräben ausgehoben und Betonzäune gezogen, rund um das ganze verdammte Ding. Die «Schutzanlage» soll zehn Millionen Mark gekostet haben. Die sind alle verrückt!

Die ganze WG will mit zur Demo, und ich habe für alle Fahrräder gekauft. Außerdem bin ich günstig an einen gebrauchten Bully gekommen, der ist super, und jetzt haben wir Platz, wenn wir mal alle zusammen was machen wollen.


Ich hatte einen Riesenkrach mit Kai. Er war am Freitag mit dem Bully nach Nimwegen gefahren, um neuen Stoff zu kaufen (ich habe keine Ahnung, woher er das Geld dafür hat), und kam einfach nicht wieder. Erst Samstagabend, als ich gerade beim Melken war, tauchte er wieder auf. Grinst nur und sagt, er hätte sich einen Schuss gesetzt und wäre total weg gewesen. Er wollte das mal ausprobieren, und es sei das Größte, was er je erlebt hat.

Ich bin total ausgeflippt. Wenn er das noch einmal macht, kann er seine Klamotten packen. Da ist er ganz schön erschrocken, hat gemeint, er hätte die Sache im Griff, ich würde schon sehen.

Kai hat schon vier Tage nichts mehr geraucht, und er ist total süß, fast so wie früher, zärtlich und lieb. Er hat sich sogar endlich zeigen lassen, wie man Flora melkt, und will das jetzt ganz übernehmen. Das ist wirklich eine Entlastung für mich, wo ich jetzt die ganze Einweckerei am Hals hab.

Nur noch drei Tage bis zur Demo. Der Ministerpräsident warnt in der Zeitung davor, an der Demo teilzunehmen, denn es bestehe die Gefahr, dass es zu Gewaltausschreitungen kommt. Durch die Blume kündigt er an, dass die Bullen es uns schon zeigen werden.

Gestern habe ich einen Zeitungsartikel entdeckt mit der Überschrift: «Die Front richtet sich ein». Als ob das hier ein Krieg wäre, furchtbar.

Wir haben gehört, dass die schon heute Autos um Kalkar herum anhalten und nach Waffen durchsuchen. Ronald, der auf dem Schrottplatz gewesen war, haben sie alle Stangen und anderes Eisenzeug, das er für eine Skulptur brauchte, einfach abgenommen.

Ich zittere immer noch am ganzen Körper.

Um halb fünf heute Morgen bollert es an allen Haustüren, vorne, an der Seite und hinten an der Tenne. Zig Bullen stürmen herein in voller Montur mit Maschinengewehren, draußen Panzerwagen, und treiben uns in der Küche zusammen. Dabei sind sie nicht zimperlich, stoßen und schubsen uns. Ich hätte mir fast in die Hosen gemacht. Sie haben den ganzen Hof nach Waffen auf den Kopf gestellt, und als sie die alte Schrotflinte von meinem Vater gefunden hatten, wurden sie richtig fies und *haben alles mitgenommen, was nicht niet- und nagelfest war. Als sie sich meine Gartengeräte gekrallt haben, habe ich dann doch protestiert und gefragt, wie ich denn meine Arbeit erledigen soll ohne Spaten und Hacke. Aber sie haben mich nur ange- schnauzt: Könnte ich mir alles übermorgen wieder abholen.*

*Dasselbe Spiel haben die bei allen WGs am Niederrhein durchgezogen, wie wir erfahren haben. Gottverdammter Poli- zeistaat!*

*Es war uns ja klar, dass die Bullen rund um Kalkar alles absperren würden, deshalb hatte ich uns ja auch die Räder besorgt. Wir sind in aller Herrgottsfrühe los – getrennt – und über Nierswalde, Pfalzdorf, Moyland und Till gefahren, alles auf Schleichwegen, und deshalb sind wir trotz der Sperren auf den Straßen auch prima durchgekommen. So gegen halb neun haben wir uns dann auf dem Markt wieder zusammengefun- den. Auf den ersten Blick hatte das Ganze was von einem Volksfest, da wurden Würstchenbuden aufgebaut, die Leute sangen und schwenkten ihre Transparente: «Atomkraft: Nein danke», «Weg mit dem Schnellen Brüter». Aber alle Läden und Kneipen am Marktplatz hatten ihre Schaufenster mit Brettern vernagelt, und Hunderte von Bullen waren überall und Stacheldraht – es sah tatsächlich nach Krieg aus. Man redete von Absperrketten. Dann wurde bekannt gegeben, dass es auf der Wiese am Brüter keine Demo geben würde, das wäre jetzt verboten.*

*Jemand erzählt mir, dass in den Bussen, die immer noch aus der ganzen Bundesrepublik eintreffen, Waffen gefunden wurden.*

Wo ich hinschaue, Menschen. Einer verkündet, dass wir schon über zwanzigtausend sind. Ich treffe welche aus Hamburg, Münster, Nürnberg und sogar aus Berlin, und sie erzählen, dass sie schon in ihren Städten beim Einsteigen in die Busse durchsucht worden sind und dann nochmal unterwegs.

Auf dem Podium reden ununterbrochen wichtige Leute, warnen vor Kernkraft, vor Plutonium, vor der Verseuchung, vor dem fahrlässigen Tod.

Ein paar Spinner fangen an, die «Internationale» zu singen und andere Kampflieder, so laut, dass man die Redner gar nicht mehr hören kann. Sie schwenken rote Fahnen.

Aber dann sind da auf einmal die Holländer, unsere Freunde, mit denen wir schon so lange zusammenarbeiten, und fangen an, witzige Lieder zu singen, und alles wird wieder ruhiger.

Plötzlich, so gegen zwei Uhr, sind keine Bullen mehr zu sehen, nirgendwo mehr, was auch unheimlich ist. Dafür kreisen jetzt Hubschrauber über uns. Total unwirklich.

Wir beschließen, einen Sitzstreik zu machen, wenn sie uns nicht auf die Wiese am AKW lassen.

Aber dann um halb fünf geht der Marsch auf den Brüter doch noch los.

Immer noch sind keine Bullen zu entdecken, aber dafür welche, die nach Randale aussehen. Sie sind alle ganz in Schwarz, und sie machen mir Angst. An der Appeldorner Straße haben die Bullen eine Containersperre errichtet, sie selbst lassen sich immer noch nicht blicken. Wir hier aus der Gegend gucken uns an, wir sehen die roten Fahnen und die schwarzen Klamotten und denken an Brokdorf und Gorleben. Das will keiner von uns.

Die Chaoten beschimpfen uns, aber wir drehen trotzdem um und gehen zurück zum Marktplatz. Die anderen umgehen die Barrikade und marschieren weiter auf den Brüter zu. Wir schnappen uns unsere Räder und machen uns auf in Richtung Heimat.

Als wir endlich wieder auf dem Hof waren, war es schon fast zehn Uhr, und wir waren alle kaputt.

Die anderen sind sofort ins Bett gegangen, aber ich war viel zu aufgedreht und habe auf die Zeitung gewartet. Und da stand, dass die Demo entgegen allen Erwartungen friedlich geblieben ist. An die fünfzigtausend Menschen waren gekommen, die gegen Kernkraft protestiert haben. Das muss man sich mal vorstellen: fünfzigtausend! Das zählt doch wohl. Und wir machen weiter. Und wir werden es schaffen, dass dieser Brüter nicht ans Netz geht und dass in unserem Land nie wieder ein Atomkraftwerk gebaut wird!

Heute Mittag war ich bei meinem alten Chef, um ihn zu fragen, ob er uns vom Großmarkt Zucker und Öl mitbringen kann, da steht plötzlich seine Alte vor mir und sagt: «So was wie dich hätte man vor vierzig Jahren vergast.» Ein Gesicht wie eine Zitrone, Lodenmantel, Trachtenhut mit Feder, Goldfasan. Kam Hitler nicht aus Österreich? Unser Land wird zu einem Atomstaat, und ein Atomstaat ist ein Nazistaat.

Kai ist nur noch zugedröhnt, er kriegt nichts mehr gebacken. Ich hab ihn aus meinem Zimmer rausgeschmissen, er schläft jetzt in der Knechtkammer über dem Stall. Mir egal, der kriegt ja sowieso nichts mehr mit.

*Volker schleppt dauernd irgendwelche Weiber an, die sich dann wochenlang hier einnisten und keinen Handschlag tun.*

*Und schon wieder sind uns alle möglichen Lebensmittel ausgegangen, und keiner hat es gemerkt.*

*Ich finde es scheiße, dass immer alles an mir hängenbleibt, und deshalb hatte ich gestern Abend eine Krisensitzung einberufen und ihnen meine Meinung gegeigt. Die haben vielleicht Gesichter gemacht! Kai ist sofort aufgesprungen. «Ich hab keinen Bock auf so 'n Stress. Da hätte ich ja auch bei meinen Alten bleiben können.» Und weg war er.*

*Die anderen waren aber ganz vernünftig, und wir haben zusammen einen Arbeitsplan erstellt. Wenn das alles so klappt, habe ich tatsächlich mal ein bisschen Freizeit.*

*Ich nehme die Pille nicht mehr. Ich habe einfach keine Lust, mir jeden Tag Chemie einzuwerfen und immer molliger zu werden für nichts und wieder nichts.*

*Mit Kai läuft gar nichts mehr. Der ist immer viel zu breit. Ich glaube, dass er jetzt öfter fixt, aber das ist mir auch schon egal. Ich liebe ihn nicht mehr. Ich kann ihn noch nicht einmal mehr gut leiden. Wenn ich ihn einmal mit der Nadel erwische, schmeiße ich ihn raus.*

**Zwölf** In der Nacht musste es kräftig geregnet haben, denn der Asphalt glitzerte in den ersten Sonnenstrahlen, als Bernie Schnittges zu seiner Laufrunde aufbrach.

Als er seinen Rhythmus gefunden hatte, ließ er die Gedanken fließen, dachte an das, was Lettie ihm gestern Abend beim Essen erzählt hatte.

Sie war die erste Ausländerin im Dorf gewesen. «Die haben mich jahrelang wie Luft behandelt, aber du kennst mich, ich bin hartnäckig. Meine Idee mit dem Laientheater fanden sie gut, aber dass ich als Regisseurin fungierte, das ging gar nicht. Den Zahn haben sie mir nach der ersten Produktion schnell gezogen, denn ich hatte ja gleich drei schwere Fehler: nicht aus Kessel, Frau und auch noch Ausländerin. Ich bitte dich! Aber, wie gesagt, ich kann ganz schön stur sein.»

Laut Lettie war Kessel damals ein verschlafenes, armes Nest am Arsch der Welt gewesen und es auch lange geblieben. Durch das Geschäft mit dem Kies waren ein paar wenige reich geworden, die anderen hatten weiter vor sich hin gekrautert. «Alles schön katholisch. Hier wurde nicht aus der Reihe getanzt.»

Das Wasser hatte mit den Jahren die ersten Touristen

gebracht, und Kessel hatte seine Chance erkannt. Überall hatte man Bauland geschaffen und damit junge Familien angelockt. Allmählich wandelte sich das Dorf.

Die Männer, die in den Siebzigern das Sagen gehabt hatten, waren noch da, aber heute hingen sie, alt und abgehalftert, in van Beeks Bruchbude an der Theke herum.

Als Schnittges bei der Kirche ankam, stellte er fest, dass er nicht der Einzige war, der so früh am Morgen lief. An der Gedenktafel, an der er gestern seine Dehnübungen gemacht hatte, stand gebeugt, die Hände auf die Knie gestützt, ein jüngerer Mann und atmete schwer. Er hatte kurzgeschorenes Haar und einen Hippenbart, trug Shorts, Achselhemd und Laufschuhe.

Als Schnittges angetrabt kam, hob er den Kopf. «Morgen.»

Schnittges trippelte auf der Stelle. «Da bin ich also doch nicht der einzige Frühaufsteher im Dorf.»

Der Mann richtete sich auf und streckte Bernie lächelnd die Hand entgegen. «Gereon Steinke, ich bin der Pfarrer von St. Stephanus.»

Er hatte einen angenehmen Händedruck. «Freut mich, Bernie Schnittges. Ich bin letzten Samstag hergezogen.»

«Ach, dann sind Sie der Polizist vom Seeweg.» Steinke schmunzelte. «Radio Tamtam, hier im Dorf bleibt nichts verborgen.» Dann blinzelte er neugierig. «Gehören Sie auch zu der Soko, die den Mord untersucht?»

«Na ja, eine Soko ist das nicht gerade, aber ja, ich gehöre auch zu den Ermittlern.»

Schnittges dachte daran, dass man Finkensieper auf dem Friedhof gesehen hatte.

«Eine schreckliche Geschichte das», redete der Pfarrer weiter. «Der Tote soll noch so jung gewesen sein.»

«Noch keine dreißig», bestätigte Schnittges. «Er hieß Sebastian Finkensieper.»

Steinke riss die Augen auf. «Finkensieper? Du meine Güte! Der Mann hat mich aufgesucht, letzten Donnerstag.»

Schnittges spürte, wie sich ihm die Nackenhaare aufstellten. «Warum hat er Sie aufgesucht?»

«Er sagte, er hätte früher einmal Verwandte in Kessel gehabt, und hat darum gebeten, Einsicht in unser Geburten- und Sterberegister nehmen zu dürfen. Es ging um eine Familie Maas. Ich habe die Eintragungen schnell gefunden, es gab nämlich nur eine Familie Maas in Kessel, die allerdings schon seit dem achtzehnten Jahrhundert. Genauer gesagt, hat er nach einer Sabine Maas gefragt.» Der Pfarrer war aufgeregt. «Meinen Sie, das könnte wichtig sein?»

«Ich glaube, das ist sogar sehr wichtig.»

«Warten Sie, ich kann Ihnen alles zeigen. Gehen Sie rüber zur Kirche, ich hole den Schlüssel aus dem Pfarrbüro.» Damit war er schon losgelaufen.

Steinke holte ein dickes, ledergebundenes Buch aus einem Schrank, legte es auf den Tisch in der Sakristei und schlug es auf. «Sehen Sie selbst.»

Schnittges fuhr mit dem Finger die Zeilen entlang:

Sabine Maria Maas, geboren am 23. Februar 1958 in Goch, getauft am 2. März 1958 in Kessel.

Vater: Friedrich Maas, geboren am 28. August 1926 in Kessel, getauft am 5. September in Kessel, Landwirt.

Mutter: Cäcilie Maria Maas, geborene Puff, geboren am 2. Oktober 1936 in Louisendorf, getauft am 11. Oktober in Louisendorf, Hausfrau.

Eheschließung: 19. Mai 1957.

Beide Eheleute verstorben am 13. März 1976, in Kessel beigesetzt am 18. März 1976.

Wohnhaft: Kessel, Seeweg 2.

«Sie haben nicht zufällig einen Kopierer in Ihrem Pfarrbüro?», fragte Schnittges.

«Doch, natürlich. Kommen Sie mit.»


Schnittges hatte die Kopien aus den Kesseler Kirchenbüchern an die Tafel gehängt.

«Wenn Finkensieper nur auf der Suche nach seinen Verwandten war, warum hat er dann so ein Geheimnis daraus gemacht?», fragte Penny. «Ich kann das nicht verstehen.»

Weiter kam sie nicht, denn in diesem Augenblick betrat Toppe das Büro.

«Ich komme gerade vom Gocher Standesamt», berichtete er. «Mir ist nämlich letzte Nacht eingefallen, dass Finkensieper in Goch geboren wurde.»

Cox brach der kalte Schweiß aus. Wie hatte er das übersehen können? Es war seine Aufgabe als Aktenführer, auf solche Details zu achten.

«Ein Sebastian Finkensieper ist dort am 26. Juni 1980 nicht geboren worden», fuhr Toppe fort, «wohl aber ein Sebastian Friedrich Maas. Seine Mutter ist eine gewisse Sabine Maria Maas, wohnhaft in Kessel, Seeweg 2. Der Vater ist unbekannt.» Er setzte sich. «Hatte Finkensieper seinem Chef nicht erzählt, er brauche Urlaub aus familiären Gründen?»

Bernie Schnittges zeigte auf die Tafel. «Ich habe heute früh mit dem Kesseler Pfarrer gesprochen.»

Toppe stand wieder auf und betrachtete die Kopien. «Gute Arbeit, Bernie.»

«Mein Gott», flüsterte Ackermann, «die Kinderhex!»

Alle schauten ihn an, aber das merkte er nicht. «Sabine Maas, genau ...», nickte er. «Dat muss 1984 gewesen sein ...»

«Jetzt red schon!», fuhr van Appeldorn ihn an.

«Mach ich ja, Norbert, ich muss mich doch erst ma' besinnen. Dat war 'ne ganz furch'bare Geschichte damals. Sabine Maas ..., die hat 'n Kind ermordet ..., in Kessel am Baggerloch. Einen kleinen Jungen. Sabine Maas ..., stimmt, so hieß die. War selber noch jung, und ich mein auch, die hätte selbs' 'n Kind gehabt. Im Dorf wurd' die immer nur die ‹Kinderhex› genannt, weil die so wat Ähnliches war wie der Rattenfänger von Hameln. Hatte immer alle Dorfblagen bei sich versammelt. Ich glaub, die hatte keine Eltern mehr, die waren wohl zusammen im Auto verunglückt.»

«Das erklärt das gemeinsame Todesdatum», warf Schnittges ein, «13. März 1976. Weißt du noch mehr?»

Ackermann schloss die Augen. «Die hat dat Kind mit 'ner Plastiktüte erstickt. Un' soviel ich weiß, is' die für fuffzehn Jahre in den Bau gegangen.»

«Sebastian Finkensieper war also in Wirklichkeit Sebastian Maas», sagte Penny leise. «Seine Mutter muss ihn zur Adoption freigegeben haben, als sie ins Gefängnis kam.»

Schnittges überlegte. «Das erklärt dann auch, warum es in Finkensiepers Album keine Babyfotos gibt. 1984, hast du doch gesagt, Jupp. Das könnte stimmen. Auf den ersten Bildern ist der Junge etwa vier, fünf Jahre alt.» Dann fiel ihm etwas anderes ein. «Die Adresse kann nicht richtig sein. Seeweg 2, das ist ein brandneues Haus an der Ecke vom Klosterweg. Am Seeweg stehen doch nur neuere Häuser.»

«Doch, das kann schon stimmen», entgegnete van Appeldorn. «Elbers von der Autowerksatt konnte sich erinnern, dass der Seeweg früher länger war, zum Wald hin, und dass dort in den Siebzigern noch ein Haus gestanden hat, wo heute der Angelsee ist. Aber das müsstest du doch eigentlich wissen, Jupp.»

«Dat weiß ich auch.» Ackermann war puterrot geworden. «Da bin ich bloß nich' so besonders stolz drauf. Damals sind wir nämlich alle nach Kessel gefahren, weil wir gucken wollten, wo et passiert is' un' wo die Mörderin wohnt. Et is' schon richtig. Da, wo heut' dat renaturierte Baggerloch is', stand früher 'n Gehöft, un' da hat die Maas gewohnt.»

«Und das Haus ist abgerissen worden, als man mit

dem Baggern angefangen hat?», hakte van Appeldorn nach.

«So is' et.»

«Gehörte das Grundstück Sabine Maas?»

«Keine Ahnung.»

«Dann werde ich mal anfangen zu telefonieren.» Man hörte, dass Cox sauer auf sich war. «Das Amtsgericht wird uns etwas über die Adoption erzählen können, und es schadet auch nicht, wenn ich noch einmal mit unserem Kollegen in Radevormwald rede.»

«Gut», sagte Toppe. «Und findet heraus, was aus Sabine Maas geworden ist. Wenn sie hier in Kleve verurteilt wurde, ist sie ins Frauengefängnis nach Anrath gekommen. Und sie muss schon lange wieder auf freiem Fuß sein. Selbst wenn sie die vollen fünfzehn Jahre abgesessen hat, ist sie um 99 herum entlassen worden. Was macht sie heute? Wo lebt sie?» Er ging zur Tür. «Ich muss noch etwas erledigen. Ruft mich auf meinem Handy an, wenn ihr etwas herausgefunden habt.»

«Et könnt' wohl auch nix schaden, wenn wir wüssten, wie dat damals mit dem Kindermord gewesen is'. Soll ich ma' rüber zum Archiv vonne ‹Niederrhein Post›?», fragte Ackermann.

«Gute Idee.» Toppe nickte.

Sie arbeiteten zügig, und als Ackermann kurz vor Mittag mit Zeitungsberichten über den Mord an dem sechsjährigen Kevin Pitz zurückkam, hatten sie ein ziemlich klares Bild gewonnen:

Die Tat war 1983 begangen worden – Ackermann hatte sich geirrt –, am 12. August 1983.

Sabine Maas, damals fünfundzwanzig Jahre alt, war die einzige Tatverdächtige gewesen und noch am selben Tag in Haft genommen worden. Ihren damals dreijährigen Sohn Sebastian hatte man in ein Gocher Kinderheim gebracht.

Am 18. Oktober 1984 war die Frau zu fünfzehn Jahren Haft verurteilt worden, und unmittelbar danach hatte sie ihren Sohn zur Adoption freigegeben. Noch vor Weihnachten 1984 hatte das Ehepaar Finkensieper das Kind zu sich genommen. Jeder in Radevormwald wusste, dass Sebastian ein Adoptivkind war, aber über seine leiblichen Eltern war dort nichts bekannt.

«Das ist doch auch nicht verwunderlich», hatte Penny gemeint. «Ich wette, dass Sebastian selbst nichts über seine richtigen Eltern gewusst hat. Wer würde seinem Sohn schon erzählen, dass seine wirkliche Mutter eine Kindermörderin ist?»

Sabine Maas war es während ihrer Haftzeit nicht gutgegangen. Sie hatte schwere Depressionen bekommen, und als sie 1999 im Alter von einundvierzig Jahren entlassen worden war, hatte sie immer noch starke Medikamente genommen.

Noch während ihrer Haftzeit hatte sie den Bauernhof in Kessel, der nach dem Tod der Eltern an sie gefallen war, über den Anwalt, der sie im Prozess verteidigt hatte, an die KGG verkaufen lassen, und zwar für umgerechnet sechshundertachtzigtausend Euro.

Nach ihrer Haftentlassung hatte sie sich in Krefeld eine Eigentumswohnung gekauft.

Wie es Sabine Maas in den darauffolgenden fünfeinhalb Jahren ergangen war, hatten sie noch nicht herausgefunden.

Erst 2005 tauchte sie wieder in den Akten auf. Seit August jenes Jahres war sie sozialpsychiatrisch betreut worden. Sie hatte zwar nach wie vor in ihrer eigenen Wohnung gelebt, war aber mit der Bewältigung ihres normalen Alltags überfordert gewesen.

Am 23. Februar 2007, ihrem neunundvierzigsten Geburtstag, hatte sie sich mit einer Überdosis Alkohol und ihrer Medikamente das Leben genommen.

Nur wenige Tage vorher war sie bei einem Notar gewesen und hatte ein Testament aufsetzen lassen, in dem sie ihrem Sohn Sebastian ein Vermögen von über fünfhunderttausend Euro hinterließ.

Die Gerichte hatten ungewöhnlich schnell gearbeitet. Schon wenige Wochen nach dem Tod von Sabine Maas hatte man Sebastian Finkensieper als Sebastian Maas identifiziert, und am 30. März 2007 waren ihm die Benachrichtigung über seine Erbschaft und persönliche Unterlagen der Mutter an seiner Arbeitsstelle in der Kanzlei Wehmeyer zugestellt worden.

«Und am 15. April taucht Finkensieper in Kessel auf», schloss Cox.

«Un' ich kann euch sagen, wo er am 5. April gewesen is'», ließ Ackermann sich vernehmen. «Et war doch am 5., wo er sich dat erste Mal freigenommen hat, wa? Also, an dem Tag war er nachmittags im Archiv vonne ‹Niederrhein Post›, wo er sich dieselben Artikel fotokopiert hat, die ich da eben anne Tafel gepinnt hab.»

«Dann muss er zwischen dem 30. März und dem 5. April herausgefunden haben, dass seine leibliche Mutter ein Kind ermordet hat», stellte van Appeldorn fest.

«Das dürfte für einen Anwalt nicht allzu schwierig gewesen sein», meinte Toppe. «Um wie viel Uhr war er im Archiv?»

«Kurz nach dem Mittagessen», antwortete Ackermann. «Ein sehr freundlicher junger Mann, haben die mir erzählt.»

«Wisst ihr, was ich nicht verstehe», sagte Schnittges. «Wir haben in Finkensiepers Wohnung keine Papiere gefunden, nichts über die Adoption, keinen Brief vom Gericht über die Erbschaft, kein Testament, schon gar keine persönlichen Unterlagen der Mutter, einfach gar nichts.»

«In seinem Büro in der Kanzlei war auch nichts?», hakte van Appeldorn noch einmal nach.

«Nein, das weißt du doch», antwortete Penny. «Weder in seinem Schreibtisch noch in den Schränken waren irgendwelche privaten Papiere.»

«Vielleicht hatte er sie bei sich», schlug Cox vor. «In seinem Hotelzimmer in Kessel, meine ich.»

«Wo sie dann zusammen mit seinem Laptop und seinen anderen Sachen verschwunden sind», spann Schnittges den Faden weiter.

«Verschwunden is’ gut!», rief Ackermann. «Aber ma’

ehrlich, ich weiß et nich'. Würdet ihr so wichtige Papiere mit euch rumschleppen? Ich bestimmt nich'! Ma' wat ganz anderes, guckt euch doch ma' die Zeitungsartikel an. Der kleine Sebastian is' bei dem Mord damals dabei gewesen.»

«Mir wird übel.» Penny sprach es aus.

**Dreizehn** *Jetzt ist er weg, der Kai. Ich musste ihn nicht einmal rausschmeißen, er ist freiwillig gegangen.*

*Hatte schon wochenlang davon geredet, dass er nach Berlin geht, wo er sein Abi nachmachen und dann studieren will.*

*Wie soll das gehen, wenn man an der Nadel hängt?*

*Er hat versucht, mir meinen VW-Bus abzuluchsen, der wäre doch sowieso nichts mehr wert. Aber ich habe ihm was gehustet.*

*Er musste erst noch nach Krefeld, um ein paar Sachen bei sich zu Hause abzuholen, und hat sich von Karen mitnehmen lassen, als sie am Sonntag ihre Eltern besucht hat.*

*Nachts stand dann auf einmal Volker in meinem Zimmer, meinte, ich könnte wohl ein bisschen Trost gebrauchen, und kroch zu mir ins Bett. Ich war gar nicht traurig, dachte dann aber: Warum nicht? Es war auch ganz nett, aber ich weiß nicht, ich glaube, ich bin einfach nicht der Typ für freie Liebe. Ich hätte gern Kinder und einen Mann, der zu mir steht, wie mein Vater immer zu meiner Mutter gestanden hat. Das habe ich Volker erzählt, und der ist vor lauter Panik sofort aus meinem Bett geflüchtet. Dabei war das völlig unnötig, ich würde mich nie in Volker verlieben, dafür kenne ich ihn viel zu gut.*

*Ich bin immer noch vollkommen fertig. Karen hatte mit ihrer Mutter telefoniert und erfahren, dass Kai seinen Eltern über zweitausend Mark gestohlen hat. Und ich hatte sofort so eine Ahnung, und tatsächlich: Die Plätzchendose im Küchenschrank, in der ich immer etwas Geld für Notfälle aufbewahre, war leer. Da müssen an die vierhundert Mark drin gewesen sein.*

*Aber was viel, viel schlimmer ist: Er hat auch die Eheringe meiner Eltern mitgenommen, die in dem kleinen Kästchen auf meinem Nachttisch lagen.*

*Ich habe so furchtbar weinen müssen wie schon lange nicht mehr.*


*In der WG geht es immer chaotischer zu. Ständig wohnen irgendwelche Leute hier, die ich gar nicht kenne, Freunde von jemandem, der mal ein paar Tage bei uns war, und alle möglichen Mädchen, die Ronald und Volker anschleppen, und deren Freundinnen. Das geht mir ziemlich auf die Nerven.*

*Das Einzige, was vernünftig läuft, ist unsere «Stop Kalkar»-Gruppe. Aber die Leute sind ja auch alle erwachsen und haben was auf dem Kasten.*


*Die Pfingstdemo war wunderbar, ganz anders als die vor zwei Jahren. Keine Kontrollen, keine Straßensperren, obwohl wieder sehr viele AKW-Gegner gekommen waren, um die zehntausend Leute. Wir konnten ganz friedlich zur Brüterbaustelle wandern und unseren «Atomfriedhof» anlegen mit Kranz und Holzkreuzen. Viele waren wie ich mit dem Fahrrad gekommen, besonders die Holländer. «Lieber ein schnelles Fahrrad als ein Schneller Brüter».*

*Obwohl in der WG so viel los ist und alles drunter und drüber geht, bin ich irgendwie schrecklich alleine. Mit keinem kann ich über meine Eltern sprechen. Ins Dorf gehe ich fast gar nicht mehr. «Na, wie läuft dein Puff?» «Setz dich doch in Amsterdam ins Schaufenster!» Und die kleinen Blagen singen: «Sabinchen war ein Frauenzimmer» und lachen sich dann halb kaputt. Wenn ich mal was einkaufen muss, fahre ich fast immer nach Holland rüber.*

*Gestern habe ich Tante Maria besucht, aber die war nicht begeistert, meinte, ich könnte ja machen, was ich wollte, aber sie möchte nicht, dass ich irgendeinen Einfluss auf ihre beiden Töchter hätte. Aber sie wäre ja trotzdem meine Tante, und deshalb sollte ich sie demnächst lieber anrufen, dann könnten wir uns irgendwo in einem Café treffen. Wenn ich bei ihr zu Hause aus und ein ginge, würden sich ihre Nachbarn das Maul zerreißen. Ich habe sie gefragt, woher denn wohl ihre Nachbarn in Elten wüssten, dass ich in Kessel in einer WG wohne, wenn nicht von ihr persönlich. Da ist sie ziemlich hektisch geworden und hat auf einmal einen Marmorkuchen aus dem Schrank geholt, aber ich habe dankend abgelehnt und bin nach Hause gefahren.*

*Renate kam heute Abend überraschend vorbei. Ich war gerade in der Küche und habe ein neues Brotrezept ausprobiert, aber auf der Tenne stieg mal wieder eine laute Party. Renate war ein bisschen geschockt und wollte wissen, woher denn auf einmal die ganzen Leute kämen. Und da hab ich ihr mein Herz ausgeschüttet. Sie hat nur den Kopf geschüttelt und mir geraten, mich durchzusetzen und die ganze Bande rauszuwerfen.*

Dann rückte sie damit raus, dass unsere AKW-Gruppe ihre Zentrale ab jetzt in einer Klever WG einrichten soll. Kessel läge einfach zu weit ab vom Schuss, es wäre für die meisten zu viel Fahrerei. Ich sehe das natürlich ein, aber es hat mich trotzdem traurig gemacht, obwohl ich natürlich weiter mit dabei bin.

Zwei Tage habe ich Anlauf genommen und dann eine Krisensitzung einberufen und erklärt, dass ich hiermit die WG auflöse und dass alle innerhalb einer Woche ausziehen müssen. (Außer Karen und Stefan, mit denen hatte ich das schon vorher besprochen.) Volker war total beleidigt und ist sofort abgehauen – mit meinem Mofa, das jetzt wahrscheinlich irgendwo am Gocher Bahnhof steht. Und Ronald hat mich angeschnauzt, das wäre total undemokratisch, ich wäre genauso spießig wie der Rest vom Dorf. Egal.

Jetzt, wo endlich Ruhe ist, habe ich wieder richtig Spaß an meiner Arbeit. Ich werde mir eine Genehmigung für einen Marktstand besorgen, wo ich nicht nur Gemüse, Kartoffeln, Obst und Eier verkaufen will, sondern auch mein Brot, meine Butter, meinen Käse und meine Marmeladen.

Karen und Stefan sprechen davon, sich eine Stelle im Ausland oder auf einem Kreuzfahrtschiff zu suchen. Sie wollen Erfahrung sammeln und dann in ein paar Jahren ihr eigenes Restaurant aufmachen.

Komisch, es macht mir irgendwie gar nichts aus, wenn die zwei auch noch gehen. Ich glaube, ich brauche wohl einfach mal Zeit für mich selbst.

**Vierzehn** Der erste Artikel war am Samstag, dem 13. August 1983, erschienen: «Kindermord in Kessel». Ein Foto von Kevin Pitz, einem zierlichen Jungen mit hellem Haar und hellen Wimpern, der unbekümmert in die Kamera grinste. «Wie an jedem Tag in diesen Sommerferien treffen sich auch gestern alle Kesseler Kinder zum Schwimmen an ihrem Baggersee. Und wie jeden Tag kommen sie brav zum Abendbrot nach Hause. Nur einer fehlt: der sechsjährige Kevin Pitz. Um 19 Uhr trommelt der besorgte Vater Adolf Pitz ein paar Freunde, alle selbst Familienväter, zusammen, um den Erstklässler zu suchen. Am Baggersee machen die Männer einen grauenhaften Fund. Kevin liegt leblos am Ufer. Jemand hat ihm eine Plastiktüte über den Kopf gezogen und um den Hals herum mit einer Schnur zusammengebunden. Das Kind ist qualvoll erstickt. Die Polizei hat die Ermittlungen aufgenommen.»

Der nächste Artikel stammte von Montag, dem 15. August: «Wie erst heute bekannt wurde, hat die Polizei im Mordfall Kevin Pitz bereits am vergangenen Freitag eine Verhaftung vorgenommen. Der Tat dringend verdächtig ist die fünfundzwanzigjährige Sabine Maas aus Kessel. Die arbeitslose, ledige Mutter soll mit den Kesseler Kindern im Baggerloch gebadet haben. Laut Polizei liegen erdrückende Indizienbeweise sowie mehrere eindeutige Zeugenaussagen gegen die Frau vor. Eine ältere Dorfbewohnerin berichtet: ‹Ich habe es kommen sehen. Die hat sich doch immer an die Kinder herangemacht, besonders an die kleinen Jungs.›»

An jedem Tag der folgenden zwei Wochen waren weitere, auffallend kurze Artikel erschienen. Offenbar hatte sich die Polizei bedeckt gehalten, und auch die Dorfbewohner waren nicht besonders redselig gewesen. Bekannt geworden war, dass Sabine Maas am Freitagnachmittag mit einer Gruppe kleiner Jungen zum Schwimmen an den See gegangen war. In einer Plastiktüte hatte sie Getränke und «andere Gegenstände, die eindeutig der Maas zugeordnet werden können» mitgenommen. Am späten Nachmittag waren die Kinder ins Dorf zurückgelaufen, und auch Sabine Maas war nach Hause gegangen. Mehrere Zeugen hatten aber beobachtet, wie die Frau am frühen Abend noch einmal zum See gegangen war, diesmal nur in Begleitung von Kevin Pitz und ihrem drei Jahre alten Sohn Sebastian. «Fingerspuren auf der Plastiktüte und besonders die Fußspuren am Ufer sprechen eine eindeutige Sprache.»

Bernie Schnittges lief ein Schauer über den Rücken. «Glaubt ihr, Finkensieper hat sich auf einmal wieder an den Mord erinnern können?»

«Das kann ich mir nicht vorstellen», antwortete Penny. «Er war doch damals erst gerade drei geworden.»

Van Appeldorn schaute sie an. «Ich kann schon ver-

148

stehen, warum er so ein Geheimnis um seine Herkunft gemacht hat», sagte er. «Wenn ich erfahren hätte, dass meine Mutter ein Kind umgebracht hat, hätte ich mich vermutlich in dem Dorf, in dem es passiert ist, auch nicht zu erkennen gegeben.»

«Gehen wir ruhig einmal davon aus, dass Finkensieper in Kessel auf der Suche nach seiner eigenen Vergangenheit war», sagte Toppe. «Ich jedenfalls hätte genau das getan, mich auf die Suche gemacht. Nur, wie erklären wir uns dann, dass er sterben musste?»

«Er muss auf wat gestoßen sein», antwortete Ackermann sofort. «Irgendwat, wat er nich' wissen durfte. Er könnt' jemand gefährlich geworden sein.»

«Was ist mit seinem Vater?», fiel Penny ein. «Sabine Maas hat ihn doch als unbekannt angegeben. Vielleicht wollte Finkensieper ja wissen, wer sein leiblicher Vater war.»

«Ja, und der wollte lieber unbekannt bleiben», beendete Cox den Gedankengang grimmig, «und zwar um jeden Preis.»

Bernie Schnittges, der die ganze Zeit auf der Stuhlkante balanciert hatte, lehnte sich zurück. «Mal eine ganz andere Frage: Wer erbt jetzt eigentlich Finkensiepers Vermögen? Fünfhunderttausend Euro sind kein Pappenstiel, oder?»

«Es sind schon Leute für viel weniger umgebracht worden. Habgier», nickte Cox und machte sich eine Notiz, «auch ein gutes Motiv. Ich finde heraus, ob Sabine Maas noch andere leibliche Verwandte hat.» Dann kratzte er sich am Hinterkopf. «Ich würde gern noch einmal auf den Kies zurückkommen. Die Maas hat doch ihren Grundbesitz an die KGG verkauft, für die Finkensieper gearbeitet hat. Was wäre denn, wenn er entdeckt hat, dass seine Mutter damals übers Ohr gehauen wurde? Vielleicht hat sie viel zu wenig Geld bekommen.»

Toppe nickte zustimmend.

«Katasteramt» schrieb Cox auf seinen Block und «Kaufvertrag prüfen».

«Wie auch immer», sagte van Appeldorn. «Wir drehen wieder eine Runde durchs Dorf, und jetzt müssen wir ein bisschen tiefer graben.»

Ackermann war schon auf den Beinen. «Ich fahr zu Goossens. Wenn einer wat weiß, dann der.»

Van Appeldorn machte sich nicht gleich auf den Weg, sondern ging in die Teeküche und goss sich ein Glas Bananensaft ein. Er musste sich erst einmal sammeln. In letzter Zeit hörte man so oft von Vätern und Müttern, die ihre Kinder verhungern ließen, erstickten, totprügelten, ertränkten. Seit Paul auf der Welt war, waren ihm diese Nachrichten noch unerträglicher geworden. Mütter, die ihre eigenen Kinder töteten … Aber eine Frau, die ein anderes Kind, ein sechsjähriges Kind, langsam erdrosselte, während ihr eigener kleiner Junge dabei zuschaute – was für ein Ungeheuer musste das sein?

Kurt Goossens kniete im Garten und setzte Gurkenpflänzchen. Als er Ackermann kommen sah, stand er auf und lüpfte seine Kappe. «Tag, Jupp. Noch mehr Fragen?»

«Du sagst et.»

«Na, dann komm.» Goossens ging vor zur Hintertür. «Wenn du nichts dagegen hast, in der Küche zu sitzen.» Er schlüpfte aus seinen gelblackierten Holzschuhen und stapfte auf Socken ins Haus. «Sonst muss ich mich nämlich extra umziehen.» Seine weiten Cordhosen waren an den Knien lehmverschmiert, am verwaschenen Flanellhemd fehlten Knöpfe. «Lene ist da pingelig.»

Er setzte sich an den Resopaltisch. «Was gibt es denn diesmal?»

Ackermann sagte es ihm.

Goossens wurde blass. «Sebastian Maas? Maas! Dass der sich hertraut!»

«Is' ihm ja auch nich' gut bekommen.» Ackermann setzte sich ebenfalls.

Goossens ging nicht darauf ein. «Was hatte der hier zu suchen?»

«Vielleicht wollt' er wissen, wo er herkommt, wer seine Mutter war.»

«Eine verdammte Kindermörderin, das war sie, eine Perverse, eine Verrückte! Der Skandal damals, die Schande, davon hat sich das Dorf jahrelang nicht erholt.»

«Vor zwei Monaten hat Sabine Maas sich umgebracht.»

Goossens funkelte ihn an. «Erwartest du von mir, dass ich in Tränen ausbreche?»

«Nein, aber ich erwarte, dat du so langsam ma' wieder von der Palme runterkommst un' mir wat über die Frau erzählst un' wat damals genau passiert is'.»

Goossens schob seinen Stuhl zurück. «Ich brauche erst mal einen Schnaps.»

Er holte ein Glas und eine Flasche Wacholder aus dem Küchenschrank und kippte im Stehen zwei Schnäpse.

Als er zum Tisch zurückkam, war er deutlich ruhiger. «Sie hat sich also umgebracht, nach all den Jahren. Dann ist sie doch nicht wieder auf die Füße gekommen. Das hätte ich mir auch nicht vorstellen können.» Er blickte ernst vor sich hin. «Die Sabine war eigentlich immer ein ordentliches Mädchen. Aber dann sind beide Eltern am selben Tag umgekommen. Und da muss sie den Knacks gekriegt haben, sie ist läufig geworden.»

Ackermann blieb die Spucke weg.

Goossens zuckte die Achseln. «Nun ja, so sagt man doch. Von einem Tag auf den anderen hat sie sich mit Kerlen rumgetrieben, egal wer, jeder kam ihr zwischen die Beine. Und dann hat sie sich alles mögliche Volk auf den Hof geholt, Kommune schimpften die sich. Bei uns im Dorf haben wir früher nie die Türen abgeschlossen, aber das war dann vorbei – asoziales Gesindel! Und wir hatten ständig die Polizei hier, Razzia, du weißt schon. Sabine war nämlich auf einmal gegen Kernkraft, dabei wusste die bestimmt noch nicht einmal, wie man das schreibt: Anti-AKW-Bewegung. Auf alle Fälle saß die Keimzelle von diesen Randalierern bei der in der Kommune.»

«Verstanden», meinte Ackermann ein wenig zu lässig. «Un' wat kannste mir sons' noch von der Maas erzählen?»

«Sonst noch?» Goossens schnaubte herablassend. «Dass sie sich dann auch noch ein Kind hat andrehen lassen, habt ihr ja schon selbst herausgekriegt.»

«Von wem?»

«Woher soll ich das wissen? Von einem dieser Gammler wahrscheinlich.»

«Komisch, ich hätt' gedacht, dat du früher über alles im Dorf Bescheid gewusst has'.»

«Darüber jedenfalls nicht. Na ja, als das Kind da war, hat sie sich wohl keine Kerle mehr ins Bett geholt, stattdessen wurde sie auf einmal ganz verrückt auf Blagen. Erst haben wir uns nichts dabei gedacht, aber heute möchte ich nicht wissen, was die mit unseren Jungen alles angestellt hat. Und dann ist sie plötzlich vollkommen durchgedreht und hat den Kevin totgemacht. Vielleicht hätten wir es kommen sehen müssen, aber hinterher ist man immer schlauer.»

«Wat is' da genau passiert?»

«Das weiß doch wohl jeder am Niederrhein. Die hat dem Kleinen eine Plastiktüte über den Kopf gezogen und ihm die Luft abgeschnürt. Vielleicht wollte sie sein Gesicht dabei nicht sehen. Es war bestialisch. Und ich weiß, wovon ich spreche. Ich habe Kevin schließlich gesehen, ich war ja dabei, als er gefunden wurde.» Ein Schatten huschte über sein Gesicht. «Der ist übrigens letzte Nacht gestorben.»

«Wer?»

«Kevins Vater, Adolf Pitz. Herzinfarkt. Schlimm für die Frau.»

«Ja, schlimm. Aber sag mal, Kurt, als die Sabine ihr Kind gekriegt hat, gab et da die Kommune noch?»

«Nein, nein, diese Typen sind alle so nach und nach wieder verschwunden. Bestimmt schon ein, zwei Jahre bevor das Kind kam.»

«Wat waren dat für Leut'? Kennst du Namen?»

«Wie sollte ich, von denen war natürlich keiner hier gemeldet. Und sie haben sich, Gott sei Dank, vom Dorf meist ferngehalten.»

Goossens schüttelte lange den Kopf. «Was hat der Sebastian nur hier gewollt? Und warum hat er keinem gesagt, wer er in Wirklichkeit ist?»

«Gute Frage, aber dat kriegen wir noch. Wat ganz anderes: Warum hast du uns eigentlich nich' gesagt, dat du derjenige bis', der Grund an die KGG verkaufen will?»

«Ich habe dir doch erzählt, wie heikel das mit dem Kies geworden ist.»

«Hab ich noch genau im Ohr, Kurt. Du has' gesagt, du wüsstest nich', mit welchen Bauern Finkensieper verhandelt hat.»

«Das wusste ich auch nicht, bei mir ist er ja nicht gewesen.»

Ackermann sagte gar nichts.

Goossens wurde zornig. «Willst du mir etwa unterstellen, dass ich lüge?»

«Ts, immer noch der alte Hitzkopp. Ich unterstell'
keinem gar nix.»

Ackermann blieb erst einmal im Auto sitzen und drehte
sich eine Zigarette.

Die erste große Demo gegen den Schnellen Brüter
in Kalkar Ende September 1977. Da war er selbst noch
auf der Polizeischule gewesen. Gegen Atomkraft, keine
Frage, aber auf die Demo hatte er sich nicht getraut,
hatte sich nicht mit Kollegen prügeln wollen, es hatte ja
im Vorfeld schwer nach Randale gerochen.

1977 – der «Deutsche Herbst», die RAF; am 5. September hatten sie Schleyer entführt, um Baader, Enss-
lin und andere Terroristen der ersten Generation aus
dem Knast freizupressen. Was schiefgegangen war. Der
Staat, das ganze Volk hatte am Rad gedreht. Man hatte
jede Wohngemeinschaft auseinandergenommen und
war dabei nicht zimperlich vorgegangen. Und er hatte
sich geschämt. Jeder, der irgendetwas von der RAF verstand, hatte gewusst, dass die sogenannten Kommunen
der letzte Ort waren, an dem sich die Terroristen ver-
stecken würden. Diese ganzen Razzien waren nichts als
Augenwischerei gewesen, sollten das Volk in Sicherheit
wiegen. Seht her, die Polizei ist da, und sie tut was! Hier
am Niederrhein hatten sich die meisten WGs in den
Dörfern angesiedelt, und die Leute hatten sich diebisch
gefreut, dass den «arbeitsscheuen Gammlern», denen
man alles zutraute, sogar, dass sie Schwerverbrecher bei
sich unterkriechen ließen, mal so richtig Feuer unterm

Hintern gemacht wurde. Wasser auf die Mühlen von Goossens und Konsorten.

In der Zeit hatte Ackermann sich oft gefragt, ob er tatsächlich Polizist werden wollte.

Und dass er sich gerade in dem Jahr in Guusje verliebt hatte, eine eingefleischte Kernkraftgegnerin, die Deutschland ganz offen einen «Polizeistaat» nannte, hatte ihm die Berufsentscheidung nicht gerade erleichtert. Aber die Zeiten waren allmählich besser geworden.

Obwohl, wenn man Goossens zuhörte, konnte man daran zweifeln.

«Läufig geworden» – Ackermann mochte sich immer noch schütteln. Sabine Maas, ein «ordentliches Mädchen», kommt über den Schock nicht hinweg, dass die Eltern bei einem Unfall sterben. Deshalb lässt sie sich mit Männern ein, macht eine Kommune auf, wird politisch, macht die Kommune wieder zu, kriegt ein, zwei Jahre später ein Kind. Lockt kleine Jungs zu sich, mit denen sie «was anstellt». Und bringt dann einen von denen brutal um? Wie passte das alles zusammen?

Schnittges hatte seine liebe Mühe, ruhig zu bleiben, als Manfred van Beek wieder einmal buckelnd um ihn herumscharwenzelte. Der Mann ging ihm grässlich auf die Nerven.

«Ich würde zu gern erfahren, wieso Sie Finkensieper Unterkunft geboten haben, obwohl Sie, wie mir etliche Leute versichert haben, schon lange keine Zimmer mehr vermieten», sagte er denn auch brüsk.

«Na, meine Güte!» Van Beek nestelte an seinen Fingern herum. «Ich habe mir eben gedacht, fünfundzwanzig Euro haben oder nicht haben, macht fünfzig. Wir haben es nämlich nicht so dicke. Dieser Mann stand vor der Tür und wollte ein Zimmer. Und er hatte nichts dagegen zu warten, bis ich eins hergerichtet hatte. So einfach war das.»

Bei Bernies Enthüllung zeigte van Beeks Gesicht blankes Erstaunen, dann Ungläubigkeit. «Der Sohn von Sabine Maas? Das ist doch Quatsch! Sie wollen mich auf den Arm nehmen. Was sollte der hier gewollt haben?»

«Was können Sie mir über Sabine Maas erzählen?»

«Die war eine Verrückte», kam es wie aus der Pistole geschossen. «Die hat den kleinen Kevin Pitz umgebracht!»

«Wollen Sie damit sagen, dass Sabine Maas geisteskrank war?»

«Ja, was denn sonst?»

«Ich habe gehört, dass die Maas am Tag des Mordes mit mehreren Dorfkindern am Baggerloch gewesen ist. Haben Sie auch Kinder, Herr van Beek?»

«Drei Jungs, der kleine war damals vier und die Zwillinge sechs.» Van Beek schossen die Tränen in die Augen. «Es hätte genauso gut einer von meinen sein können. Die waren alle mit am Baggerloch an dem Nachmittag.»

«Und wieso lassen Sie Ihre Kinder in der Obhut einer geisteskranken Frau?»

Bernie konnte kein Mitleid verspüren.

Van Beek blickte verstört. «Aber die Sabine war doch

157

nicht immer so. Das war mal ein nettes Mädchen. Hat eine Lehre gemacht bei Küppers im Landgasthof, als Köchin. Aber dann sind ihre Eltern bei diesem Unfall ums Leben gekommen, und da ist sie komisch geworden. Hat eine Kommune aufgemacht, ist rumgelaufen wie ... ich weiß nicht ... rote Haare und so lange Kleider. Na ja, verdenken kann man es ihr nicht. Die hatte ja bloß die Eltern, keine Geschwister und nichts. Wenn man mit gerade mal achtzehn auf einmal ganz alleine dasteht.»

In diesem Moment kam eine ältere Frau an zwei Gehstöcken hereingestakst. Man sah, dass ihr jeder Schritt Schmerzen bereitete.

«Manfred?» Matte Stimme. «Hast du meine Tabletten abgeholt?»

«Noch nicht, Herta. Ich bin aufgehalten worden, Kripo.» Dann wandte er sich wieder Schnittges zu. «Meine Frau», erklärte er. «Rheuma.»

Herta van Beek war am Tisch angekommen. «Bitte, Manfred, du weißt doch, ich brauche die Tabletten.»

«Jetzt setz dich erst mal hin, ich fahre gleich.»

«Lassen Sie sich von mir nicht aufhalten. Ich habe keine Fragen mehr», sagte Schnittges, «jedenfalls heute nicht. Aber mit Ihnen würde ich gern kurz reden, Frau van Beek.»

Manfred van Beek sah besorgt aus. «Geht es dir denn gut genug, Herta?»

«Seit wann interessiert dich das?», sagte sie schnippisch.

Van Beeks Säufernase verfärbte sich bläulich. «Dann fahr ich jetzt zur Apotheke. Wo hast du das Rezept?»

«Neben dem Telefon.»

Herta van Beek war kein freundlicher Mensch.

«Sabine Maas soll ein nettes Mädchen gewesen sein? Männer! Die hatte es immer schon faustdick hinter den Ohren. Hat sich immer für was Besseres gehalten. Mit unserer Dorfjugend wollte sie nichts zu tun haben, lieber in der Stadt rumflanieren. Und Hemmungen hatte die gar keine, das können Sie mir glauben. Ihre Eltern waren noch nicht unter der Erde, da hatte sie schon einen Kerl bei sich. Wenn es dabei mal geblieben wäre! Bei der haben sich die Männer die Klinke in die Hand gegeben. Eine Zeit lang hatte die sogar vier auf einmal!»

«Woher wissen Sie das so genau?», fragte Schnittges interessiert.

«Hab ich Augen im Kopf? Die haben doch alle bei der gewohnt, Kommune nannte sich das.»

«Und dort wohnten nur Sabine Maas und vier Männer?» Schnittges mochte das nicht so recht glauben.

«Blödsinn!», fuhr die Frau ihn dann auch an. «Da haben natürlich auch Mädchen gewohnt. Am Anfang zwei, aber dann hat man den Überblick verloren. Kamen und gingen, dauernd neue. Man kann sich gut vorstellen, wie das da zugegangen ist. Stand ja in der Zeit in allen Zeitungen, wie das bei den Leuten zuging. Freie Liebe, pfui Deibel!»

«Sie regen sich ja mächtig auf», stellte Bernie fest.

«Da soll man sich nicht aufregen. Die hat doch Schande über unser ganzes Dorf gebracht. Und dann hat die sich auch noch ein Kind machen lassen. Aber meinen Sie, als die in Hoffnung war und einen dicken Bauch hatte, hätte sie aufgehört, sich mit Männern einzulassen? Von wegen! So was ist doch unnatürlich.»

Schnittges enthielt sich eines Kommentars.

«Aber wahrscheinlich war sie ja da schon nicht mehr richtig im Kopf», sagte Frau van Beek nachdenklich. «Und jetzt hat sie sich umgebracht? Ich sag ja immer: Es gibt einen gerechten Gott. Auch wenn es manchmal ein bisschen länger dauert.»

Bernie hatte einen schlechten Geschmack im Mund, er fühlte sich verschwitzt. Bevor er sich den nächsten Dörfler vorknöpfte, würde er schnell nach Hause fahren, duschen und statt des Hemdes ein T-Shirt unter dem Jackett anziehen. Wenn es doch nur endlich abkühlen würde.

Das Auto, das vor seinem Haus am Straßenrand parkte, kannte er nur zu gut. Er spürte, wie ihm die Knie weich wurden, und beschloss, Simone einfach zu ignorieren. Aber er war noch nicht ganz aus dem Wagen gestiegen, als sie schon angelaufen kam und ihm weinend um den Hals fiel.

Er fasste sie bei den Armen und schob sie von sich. «Was willst du hier?»

«Ich halte es ohne dich nicht aus, Bernd», schluchzte sie.

«Woher hast du meine Adresse?»

«Von deiner Mutter.»

«Von meiner Mutter?» Das konnte nicht sein.

«Ja, ich war bei ihr und habe ihr alles erzählt.»

«Sie wusste schon alles.»

«Nein, und du weißt auch nicht alles.»

Ihre Wimperntusche war verlaufen, der Lippenstift verschmiert, sie sah wunderschön aus.

«Bitte, lass mich reinkommen. Ich muss mit dir reden, Bernd.»

«Das geht nicht, Simone. Ich arbeite, wir stecken mitten in einem Mordfall. Ich muss nur schnell duschen und dann sofort wieder los.»

«Dann komme ich heute Abend wieder, egal wann. Bitte!»

«Bettele doch nicht so, das ist schrecklich.» Er hatte sie noch nie so aufgelöst gesehen.

«Nimm mich in die Arme», flüsterte sie.

Er umarmte sie und drückte sie an sich. Sie zitterte.

«Gut», sagte er, den Mund in ihrem Haar, «ich rufe dich an, sobald ich ein bisschen Luft habe, versprochen.»

«Darf ich dann herkommen?»

«Das sehen wir dann.»

**Fünfzehn** «Ich habe gestern Abend die Unterlagen aus dem Frauengefängnis bekommen», sagte Cox. Er war bis kurz vor Mitternacht im Büro gewesen und hatte die Spurenakten aufgearbeitet. «Sabine Maas war körperlich und geistig bei allerbester Gesundheit, als sie dorthin überstellt wurde. Eine angepasste, sehr stille junge Frau. Wieso erzählt dann jeder im Dorf, sie wäre verrückt gewesen?»

«Ich kann das nachvollziehen», meinte Penny. «Stell dir doch mal vor, wie schockiert die Leute gewesen sein müssen. Eine von ihnen bringt plötzlich ein Kind um. Da musste doch eine Erklärung her.»

«So plötzlich scheint das mit der Verrücktheit aber nicht gekommen zu sein», entgegnete Cox. «Mehrere Leute haben angedeutet, dass die Maas ein perverses Interesse an kleinen Jungs hatte.»

«Auch das könnten sie sich erst im Nachhinein zusammengereimt haben.»

«Ich finde es auffällig, wie sehr sich alle Aussagen gleichen», bemerkte Schnittges. «Beinahe wie auswendig gelernt.»

«Das ist wohl nicht weiter ungewöhnlich.» Toppe trank einen Schluck Kaffee. «Wie oft hat wohl jeder

Kesseler diese Geschichte in den vergangenen fünfund-zwanzig Jahren zum Besten gegeben, an der Theke, auf Vereinsfesten? Da entsteht auf die Dauer so eine Art Einheitstext.»

Cox nickte. «Eine Diskrepanz entdecke ich aller-dings: Goossens sagt aus, die Maas habe in den letzten Jahren vor der Tat keine Männerkontakte mehr gehabt, wohingegen Herta van Beek angibt, die Frau habe sogar während der Schwangerschaft wechselnde sexuelle Beziehungen gehabt.»

Bernie Schnittges machte eine wegwerfende Hand-bewegung. «Auf die Aussage der van Beek würde ich nicht allzu viel geben. Die war völlig auf Sex fixiert und gierte geradezu danach, mir davon zu erzählen. Der macht es Freude, Gift zu verspritzen.»

Penny kritzelte etwas auf ihren Block. Sie hatte eine winzige Handschrift, die niemand außer Cox entziffern konnte, und selbst der hatte seine liebe Mühe damit. «Ich würde wirklich gern wissen, wie Sabine Maas aus-gesehen hat», sagte sie. «Wie sieht jemand aus, der sich von einem netten, ordentlichen Mädchen in eine sex-besessene, perverse Kindermörderin verwandelt haben soll? Meint ihr, wir können ein Foto von ihr auftrei-ben?»

«Versuch et ma' beim ‹Stern›, Peter», schlug Acker-mann vor. «Der Kindermord is' bestimmt durche über-regionale Presse gegangen.»

«Kann ich machen», stimmte Cox zu. «Es gibt aber auch noch eine andere Möglichkeit. Auf der Suche nach weiteren Erben bin ich auf Sabine Maas' Tante gestoßen. Vielleicht hat die ja Fotos von ihrer Nichte. Die Frau heißt Maria Gärtner, eine Tante mütterlicherseits. Sie ist achtundsechzig Jahre alt und wohnt in Elten. Macht noch einen ganz fitten Eindruck. Ich habe mich mit ihr verabredet, heute Nachmittag um drei bei ihr zu Hause.»

«Wusste sie von dem Selbstmord ihrer Nichte?», fragte van Appeldorn.

«Nein, sie ist noch nicht benachrichtigt worden. Was mich nicht weiter wundert. In den Gefängnisunterlagen hat die Maas unter der Rubrik ‹Angehörige› niemanden eingetragen. Vom Mord an Finkensieper hatte Frau Gärtner in der Zeitung gelesen, aber sie wusste natürlich nicht, dass das Opfer ihr Großneffe war.»

Das Telefon unterbrach Cox. Er nahm den Hörer ab, lauschte, machte eine zustimmende Bemerkung und legte wieder auf. «Radevormwald», informierte er die anderen. «Sie haben endlich Finkensiepers Eltern in Afrika erreicht. Die wollen den nächsten Flieger nehmen und dann gleich zu uns kommen. Aber es könnte noch eine Weile dauern, weil sie im Augenblick noch irgendwo mitten im Busch sind.»

Van Appeldorn blätterte seine Notizen durch. «Ich habe noch einmal mit Elbers von der Autowerkstatt geredet. Der hatte sich doch an eine Mutter erinnert, die, als er noch klein war, immer beim Schwimmen auf ihn und andere Kinder aufgepasst hat. Zu Protokoll gegeben hat er Folgendes: ‹Sie meinen die Melonen-

164

frau? Die war nett und lustig. Hat mit uns auch Plätzchen gebacken und uns gezeigt, wie man Kühe melkt.
Stimmt, das Haus, in dem die gewohnt hat, ist später
abgerissen worden. Und die hatte ein kleines Baby, fällt
mir jetzt wieder ein. Doch, die war lieb, die konnte gut
trösten.»»

«Als ich dann nachgehakt habe, wie weit das Liebsein
und das Trösten denn gegangen seien, wurde er ziemlich pampig», berichtete van Appeldorn. «Schweinereien
hätte es keine gegeben. Keiner wäre je auf solche Ideen
gekommen.»

«Sagte er die Wahrheit?», wollte Schnittges wissen.

«Auf mich wirkte er glaubwürdig.» Van Appeldorn
nickte. «Als ich ihm klargemacht habe, dass seine Melo-
nenfrau und die Kesseler Kindermörderin wohl ein und
dieselbe Person waren, ist er aus allen Wolken gefallen.
Er fing regelrecht an zu schlottern.»

«‹Gott, jetzt verstehe ich auch, wieso meine Mutter
gekreischt hat: Das hättest du sein können!›, hatte Elbers
gesagt. ‹Als der Mord passierte, war ich schon zwölf und
hing nicht mehr mit den Kleinen am Baggerloch herum.
Aber es war trotzdem der totale Horror. Keiner ist in
dem Sommer mehr schwimmen gegangen. Wir haben
uns kaum noch aus dem Haus getraut. Für uns lauerten
hinter jeder Ecke Mörderinnen.›»

Penny schauderte. «Ich habe gesehen, dass es im
Dorf eine Grundschule gibt», sagte sie dann. «Die muss
Sabine Maas doch besucht haben. Vielleicht können uns
ihre alten Lehrer mehr über sie erzählen.»

Schnittges erinnerte sich an sein Gespräch mit Lettie. «Der ehemalige Rektor heißt Adolf Pitz», fiel es ihm ein.

«Un' der is' vorgestern gestorben», bemerkte Ackermann trocken, «Herzinfarkt.»

Toppe runzelte fragend die Stirn.

«Hat mir Goossens erzählt.» Ackermann überlegte. «Ich mein', die Frau von Pitz hätte auch wat mit der Schule zu tun gehabt. Kann sein, dat die auch Lehrerin war.»

«Am besten wäre es wohl, wenn du mit der Frau sprichst, Penny», schlug van Appeldorn vor.

«Weil wir Frauen doch so viel einfühlsamer sind.»

Van Appeldorn war nicht klar, ob das ein Scherz sein sollte.

«Un' ich», meinte Ackermann, «könnt' mich ma' in den Küppers einfühlen gehen. Dat is' der frühere Lehrherr von der Maas. Den kenn' ich nämlich, is' der Schwager von Goossens.»

Toppe war zur Tafel gegangen, um sich noch einmal anzuschauen, was sie bisher zusammengetragen hatten. «Der Prozess gegen Sabine Maas», murmelte er und drehte sich wieder zu den anderen um. «Ich werde bei der Staatsanwaltschaft Einsicht in die Prozessakten beantragen. Aber über all unserem Interesse an dem Kindermord sollten wir den aktuellen Fall nicht aus den Augen verlieren.»

Cox fühlte sich zu Recht gerügt.

«Ich habe gestern noch bis spät über den Spuren vom

Tatort gesessen. Die meisten Sachen, die van Gemmerns Leute dort gefunden haben, konnte ich identifizieren. Da sind nur noch ein paar Kleinteile, die mir nichts sagen, aber sie könnten aus Überraschungseiern stammen. Ich will mich mit der Herstellerfirma in Verbindung setzen.»

«Sind verwertbare Fingerspuren darauf?», fragte Schnittges.

«Auf den Kleinteilen nicht, die sind winzig. Ansonsten gibt es schon Fingerspuren auf Verpackungen von Schokoriegeln, einem Kondompäckchen und solchen Dingen. Die habe ich alle durchs Programm geschickt, aber keinen Treffer erzielt – bis jetzt.»


Norbert van Appeldorn stellte seinen Wagen vor van Beeks Kneipe ab, und sofort bewegte sich dort die vergilbte Gardine. Er tippte sich grüßend an die Stirn, obwohl er gar nicht sehen konnte, wer ihn da beobachtete.

Schnittges hatte gemeint, man sollte sich mit dem Ehepaar Willemsen unterhalten. Die beiden hatten ihr ganzes Leben im Dorf verbracht und waren zum Zeitpunkt des Mordes schon fast im Rentenalter gewesen, also vielleicht abgeklärter als die damals jungen Eltern, abgeklärter und objektiver.

Der alte Mann war allein. «Die Frau ist mit der Tochter zum Markt gefahren», erklärte er. «Das machen die donnerstags immer.»

Willemsen war Schornsteinfeger gewesen.

«Ich bin in jedes Haus gekommen. Der Fritz Maas, der war eigen. Ein grundanständiger Mann und ein guter Katholik, das ja, aber eben doch eigen.»

Friedrich Maas war der einzige Bauer in Kessel gewesen, der von der Auskiesung nichts gehalten hatte. «Dem war die Scholle heilig.» Die anderen hatten ihm bittere Vorwürfe gemacht: Er würde sich gegen den Fortschritt stellen, er würde den Aufschwung des Dorfes verhindern. «Aber eigentlich ging es, wie so oft, nur um Geld. Maas' Grundstück lag ja mitten im geplanten Kiesgebiet. Wenn er nicht verkaufte, blieben ein paar andere auf ihren Grundstücken sitzen, aber das war Fritz egal.»

«Nein, als Sonderling würde ich ihn nicht bezeichnen. Der war genauso in allen Vereinen wie wir anderen auch.»

«Der Mord an dem Kind? Da kann ich gar nichts zu sagen. Ich war ja nicht dabei, und gesehen habe ich auch nichts. Aber verstehen kann ich das bis heute nicht, dass jemand auf einmal verrückt wird. Ich meine, jetzt kommt so was ja jeden Tag durchs Fernsehen, aber vor zwanzig Jahren …»

«Ich persönlich kann über Sabine nichts Schlechtes sagen, zu mir war sie immer freundlich. Auf das Gerede der Leute haben wir nie viel gegeben, meine Frau und ich. Sabine war genauso eigen wie ihr Vater. Als sie da all diese Leute bei sich wohnen hatte, haben wir immer gesagt: Das macht die doch extra, gerade weil sich die Leute das Maul zerreißen.»

Als van Appeldorn von Sabines Selbstmord erzählte und erklärte, dass es sich bei dem jungen Mann, der am Samstag erschossen worden war, um ihren Sohn gehandelt hatte, holte Willemsen ein zerknautschtes Taschentuch hervor und wischte sich die Augen. «Was für ein Elend.»

Hans-Jürgen Küppers stürzte beinahe von der Leiter, als Ackermann ein frisches «Guten Morgen» schmetterte.

Er war gerade dabei, den Gastraum zu weißeln.

«Mensch, Jupp, hast du mich erschreckt!»

Türen und Fenster waren weit geöffnet, dennoch hing ein schwerer Modergeruch in der Luft.

«Sorry, Jürgen, wollt' ich nich'. Wat bis' du denn so fleißig?»

«Muss.» Küppers ließ die Rolle in den Farbeimer plumpsen und kam heruntergeklettert. «Die Spargelsaison fängt bald an.» Sein kahler Schädel war weiß gesprenkelt. «Was tust du hier?»

«Bloß meine Arbeit.»

Küppers grinste. «Wenn du mir erzählen willst, dass der Erschossene in Wahrheit der Sohn von der Kindermörderin war, kannst du dir das schenken. Das weiß ich nämlich schon.»

«Ich hab nix anderes erwartet.» Ackermann holte sein Tabakpäckchen hervor. «Soll ich dir eine mitdrehen?»

«Ich rauche schon seit Jahren nicht mehr, hoher Blutdruck.»

«Mir geht et noch blendend.»

«Was willst du denn jetzt? Soll ich dir etwa auch nochmal erzählen, wie das mit der Maas und dem Mord war?»

Ackermann musste lachen. «Hab ich ‹doof› auf der Stirn tätowiert? Nee, nee, die Story kann ich schon singen. Aber ich würd' gern wat über die Sabine von dir hören. Die war doch dein Lehrmädchen.»

«Das war sie.» Küppers bückte sich nach der Limonadenflasche, die am Fuß der Leiter stand. «Und gar kein so schlechtes am Anfang.» Er trank ein paar Schlucke. «Aber wie die Eltern dann tot waren und sie angefangen hat, herumzu…» Er verstummte.

«Ja, ja, ich hab schon gehört, sie ist läufig geworden», knurrte Ackermann.

Küppers bohrte ihm feixend den Zeigefinger in die Brust. «Das hast du jetzt gesagt.»

«Hat Sabine Maas die Lehre eigentlich zu Ende gemacht?»

«Hat sie. Dafür habe ich schon gesorgt, wäre ja sonst eine Schande gewesen. Ich habe das Mädchen immer unterstützt und meine Frau auch. Die hatte ja sonst keinen mehr. Nur diese Hippies, und die haben sie bloß ausgenutzt.»

«Inwiefern?»

«Ich kann mir nicht vorstellen, dass die Miete gezahlt haben.»

«Hast du die Leute gekannt? Weißt du, wie die hießen?»

«Die Gammler? Nein, weiß ich nicht. Aber die meis-

ten von denen waren wohl mit Sabine auf der Berufsschule in Krefeld.»

Küppers zog abweisend die Brauen zusammen. «Sonst
noch was?»

«Der Sebastian Finkensieper war nicht zufällig bei
dir?», fragte Ackermann.

«Nein, war er nicht. Warum auch?»

«Ich dachte nur, weil seine Mutter dein Lehrling
gewesen is'.»

«Meinst du, das hat der gewusst?»

Peter Cox fuhr nicht gleich wieder zum Präsidium
zurück, er musste sich erst einmal sammeln. Ohne lange
zu überlegen, bog er nach Emmerich ab und parkte auf
dem großen Platz gleich am Ortseingang. Irgendein
Café würde es hier wohl geben.

Aber er fand nur eine Eisdiele, in der auch Hühner-
suppe serviert wurde, wie er riechen konnte, als er ein-
trat.

«Einen doppelten Espresso und ein Glas Wasser, bitte»,
bestellte er bei dem flotten Mann hinter der Eistheke
und setzte sich an einen Tisch in der hinteren Ecke des
verwaisten Etablissements, in dem alles – Wände, Stuhl-
bezüge, Dekoration – in den Farben Rosa und Aprikose
gehalten war.

Was hatte ihn so aufgebracht?

Maria Gärtner war eine nette alte Dame, Witwe, zwei
Töchter, fünf Enkel.

Bereitwillig hatte sie ihm Kinderfotos von Sabine

Maas gezeigt und ihm sogar zwei Fotos der erwachsenen Sabine mitgegeben, die sie der Tante 1980 zusammen mit einem Brief geschickt hatte, Fotografien von ihr und dem kleinen Sebastian.

Von Sabines Schwangerschaft hatte Frau Gärtner bis dahin nichts gewusst, und sie hatte auch ihren Großneffen nie kennengelernt.

«Als meine Schwester und ihr Mann gestorben sind, wollten wir Sabine zu uns nehmen, aber sie hat sich dagegen gesträubt. Die war wie ihr Vater, hatte ihren eigenen Kopf.»

«Sie haben sich also aus den Augen verloren?»

«Nicht sofort, nein. Wir haben immer telefoniert, und sie hat mich öfter besucht.»

«Haben Sie sie auch besucht?»

«Nein, ich hatte ja mein eigenes Leben.»

Cox war klar gewesen, dass er zu emotional reagierte, aber er hatte sich nicht bremsen können. «Dass Ihre Nichte 1983 ein Kind getötet hat, das haben Sie aber schon mitbekommen?»

«Aus der Zeitung, wie jeder andere auch.» Natürlich war sie eingeschnappt gewesen.

Cox bedankte sich, als der Espresso gebracht wurde, und gab reichlich Zucker hinein.

Die Tante war Sabine Maas' einzige nahe Verwandte. Sie hatte gewusst, dass sie einen Großneffen hatte, aber als Sabine ins Gefängnis gekommen war, hatte sie nicht einmal nach dem Kind gefragt, und sie hatte auch nie wissen wollen, was aus ihm geworden war. Auch nicht, was aus Sabine geworden war. Und jetzt würde diese Frau Sabine Maas' Vermögen erben.

Wahrscheinlich brachte ihn das so auf.

Cox nahm die beiden Fotos aus dem Briefumschlag, den Frau Gärtner ihm mitgegeben hatte, und legte sie vor sich auf den Tisch.

Das erste war wohl im Krankenhaus aufgenommen worden, weißes Bettzeug, ein Nachttisch aus Metall. Eine junge Frau, das Gesicht noch ein bisschen aufgedunsen von der Schwangerschaft, müde von der Geburt, aber selig lächelnd, das verknautschte Baby im Arm.

Auf dem zweiten Bild dieselbe Frau, langes, braunes Haar, ein klares Gesicht mit großen blauen Augen und einem vollen Mund. Ihr Lächeln war frei und glücklich. Sebastian trug sie in einem gestreiften Tuch vor dem Bauch, man sah nur die nackten Füßchen und einen feuerroten Haarschopf.

Cox seufzte. In den Augen der Frau konnte er keinen Wahn entdecken, ihr Körper war entspannt, sie schien eine Person zu sein, die in sich selbst ruhte. Was war mit ihr passiert?

Penny Small hatte es nicht eilig, zu Frau Pitz zu kommen. Sie fand es nicht so schlimm, dass sie mit jemandem reden sollte, der gerade seinen Partner verloren hatte, das hatte sie in ihrem Beruf schon öfter tun müssen. Aber es kam ihr grausam vor, eine Mutter zu befragen, die ihr Kind auf so schreckliche Weise verloren hatte –

egal, wie lange es her war –, und mit ihren Fragen die Tat wieder heraufzubeschwören.

Doch es war immerhin möglich, dass Finkensieper denselben Gedankengang gehabt hatte wie sie: Wenn ihm jemand etwas über seine Mutter erzählen konnte, dann wohl ihre früheren Lehrer.

Pitz' Haus war niedrig, weiß getüncht und über und über mit Kletterrosen und Geißblatt bewachsen. Durch die Wärme in den letzten Wochen hatten die Pflanzen schon ausgetrieben, im Sommer mussten sie herrlich aussehen. Penny fühlte sich an das Cottage ihrer Eltern in Pershore erinnert.

Der Weg zur Haustür führte an gepflegten Staudenbeeten vorbei. Hier hatte jemand eindeutig einen grünen Daumen.

Die Frau, die ihr öffnete, war eine Überraschung: dezent geschminkt, das aschblonde Haar zu einem lockeren Knoten gesteckt, hübsch gekleidet in heller Hose und hellem T-Shirt – und vollkommen gefasst.

Ohne Zögern bat sie Penny herein und führte sie ins Wohnzimmer.

«Mein Beileid.»

«Danke.» Christa Pitz schaute auf ihre Schuhspitzen, sie schien zu überlegen. «Ich will nicht mehr heucheln», sagte sie und wollte dann auf einmal gar nicht wieder aufhören zu sprechen.

«Es war keine gute Ehe. Vielleicht am Anfang, aber dann ... Seit Kevins Tod bestand sie nur noch auf dem Papier.

Ich war erst siebzehn, als ich Adolf kennenlernte. Bei einem Tanztee im Café Krause. In Neuss, da bin ich geboren. Adolf war vierundzwanzig, studierte an der PH. Ich fühlte mich so geschmeichelt, dass sich ein richtiger Mann für mich interessierte.

Er kam hier aus Kessel – seine Eltern hatten einen kleinen Hof in Nergena –, und er wollte unbedingt hierher zurück, als Lehrer an die Dorfschule. Als er die Stelle bekam, hat er um meine Hand angehalten, und innerhalb von acht Wochen war ich verheiratet.

Und bin hier in Kessel gelandet, im Lehrerhaus, eins neben dem Pfarrer – perfektes Idyll. Und ich war die perfekte Lehrerfrau. Habe die Martinszüge organisiert, Ausflüge, Sommerfeste, Frühlingsfeste, Adventskränze gebunden, Kalender gebastelt. Habe zwei Söhne geboren, im richtigen Abstand.

Mein Mann war kein besonders netter Mensch. Streng zu den Kindern, streng zu mir, hart gegen sich selbst.

Ich hätte gern Theater gespielt im ‹Tingeltangel›, ich wollte gegen den Schnellen Brüter protestieren, wollte eine Bürgerinitiative gegen die Auskiesung gründen. Ich war ja noch jung. Aber so etwas kam nicht in Frage.

Und dann starb Kevin. Ich wusste, ich sollte Adolf verlassen, aber ich war wie gelähmt. Jahrelang. Und wohin hätte ich gehen sollen? Ich hatte keinen Beruf. Gar nichts.»

Plötzlich hatte sie Tränen in den Augen.

«Wissen Sie, was das Schlimmste war? Er hat mich

nicht trauern lassen. Er hat mich nie um mein Kind trauern lassen. Ich musste den Handarbeitsunterricht übernehmen, den Religionsunterricht, Singen, Basteln, Turnen. Und ich habe es gemacht.»

Ihre Stimme wurde wieder fester.

«Aber jetzt darf ich endlich trauern, und Sie können sich nicht vorstellen, was das für eine Erleichterung ist.»

Penny hatte einen Kloß im Hals und musste sich räuspern, bevor sie ihre Frage stellen konnte, aber Christa Pitz sprach schon wieder. «Man hat mir schon alles erzählt. Dass Sabine sich umgebracht hat. Ich habe mir so gewünscht, sie wäre tot, aber jetzt fühle ich gar nichts. Und der Mann, den man erschossen hat, soll Sabines Sebastian gewesen sein. Der kleine Basti, er war so ein süßes Kind. Wer hat ihn erschossen? Warum? Der Junge konnte doch nichts dafür.

Er war bei uns letzten Freitag. Hat gesagt, er hieße Finkensieper, und es könnte sein, dass eine Verwandte von ihm früher einmal bei meinem Mann in die Schule gegangen ist. Adolf hat ihn mit ins Arbeitszimmer genommen. Dann ist er sehr laut geworden. Mein Mann. Aber er hat mir nicht gesagt, warum. Er hat mir gar nichts gesagt. Eigentlich nie.»

Jemand kam eine Treppe heruntergepoltert. «Mutter? Wo steckst du?»

«Dennis. Mein älterer Sohn. Wir müssen zum Pfarrer, wegen der Beerdigung.»

Schnittges traf Lettie nicht an. Sie sei zum Einkaufen nach Gennep gefahren, müsse aber bald zurück sein, hatte ihm ihre Freundin Monique mitgeteilt und ihn zum Tee eingeladen. Aber er hatte abgelehnt, er würde im Auto warten und ein Telefonat führen.

«Guten Morgen, Mutter. Warum hast du Simone meine Adresse gegeben?» Er war immer noch stinksauer.

Auch sie hielt sich nicht lange mit Freundlichkeiten auf. «Weil ich es richtig fand. Wir haben lange miteinander geredet.»

«Wie konntest du?»

«Ich sehe doch, wie du leidest.»

«Und damit das irgendwann ein Ende hat, habe ich diesen Schlussstrich gezogen, und das habe ich dir auch gesagt.»

«Sie will ihren Mann verlassen, Bernie.»

«Mutter! Sie wird ihren Mann nie verlassen. Ich war eine Bettgeschichte, eine nette Abwechslung vom Ehealltag.»

«Mir hat sie aber etwas anderes erzählt.»

Da kam Letties kleiner roter Wagen um die Ecke gezuckelt.

«Ich muss Schluss machen. Und noch einmal, Mutter, halte dich bitte raus!»


Lettie war traurig. Sie hatte beim Einkaufen erfahren, wer der Tote wirklich gewesen war, und als Schnittges ihr jetzt noch erzählte, dass Sabine Maas sich umgebracht hatte, musste sie fast weinen.

«Ich habe nie glauben können, dass es Sabine gewesen ist, die Kevin getötet hat. Die hätte doch nie jemandem etwas zuleide tun können, schon gar nicht einem Kind. Ich habe immer gedacht, die Polizei hätte den wahren Mörder nicht gefunden. Aber da war ich immer die Einzige.»

«In der Zeitung stand damals, sie wäre arbeitslos gewesen.»

Lettie lachte trocken auf. «Sabine war das fleißigste Mädchen, das ich je getroffen habe. War von früh bis spät auf den Feldern, im Stall und in ihrer Küche und hat für ihren Marktstand geschuftet. Eigentlich hatte sie den ersten Biohof, auch wenn man es damals noch nicht so nannte.»

«Weißt du, wer Sebastians Vater war?»

«Nein, darüber hat sie nie gesprochen. Sie hatte einmal einen Freund, aber das war Jahre vor Sebastians Geburt. Im Dorf galt sie als Hure, wusstest du das?»

«O ja, das haben wir oft genug zu hören bekommen.»

«Und ich sage dir, sie war keine! Sie war eher schüchtern.»

«Und was war mit ihrer Vorliebe für kleine Jungen?»

«Gott verdammt, tratscht man diesen Blödsinn immer noch herum? Die Leute sind krank. Sabine war eine tolle Mutter, sie liebte Kinder. Und die Kinder liebten sie. Das fanden die anderen Mütter übrigens ganz prima. Es war immer jemand da, der auf ihre Gören aufpasste. Ich glaube, die drei Jungs von van Beek haben öfter bei

178

Sabine übernachtet als zu Hause. Da hatten die Eltern sturmfreie Bude und konnten sich in ihrer Kneipe in Ruhe volllaufen lassen.»

Bestürzt schlug Lettie die Hand vor den Mund. «Entschuldige bitte, das war gehässig. Aber ich bin so schrecklich wütend.»

**Sechzehn** Ackermann hatte sich gleich nach der Frühbesprechung ins Auto gesetzt und war jetzt auf dem Weg nach Krefeld.

Die anderen Mitglieder der Wohngemeinschaft seien mit Sabine Maas zur Berufsschule gegangen, hatte Küppers gesagt. Vielleicht hatte man dort ja alte Klassenlisten, oder es gab sogar noch Lehrer, die sich erinnern konnten.

Bernies Lettie hatte nett über Sabine gesprochen, das war ja mal was Neues. Die Tante weniger, die hatte ihr «eigenes Leben» gehabt. Irgendwie konnte Ackermann die Frau nicht leiden, obwohl er sie gar nicht kannte.

Und Penny hatte wohl recht gehabt: Finkensieper hatte tatsächlich seiner Mutter nachgespürt. Am Donnerstag war er beim Pfarrer gewesen, am Freitag bei ihrem früheren Lehrer. Wieso nicht bei ihrem alten Lehrherrn? Nun ja, vielleicht war er noch nicht dazu gekommen. Oder Küppers hatte gelogen. Zuzutrauen wäre ihm das, der war kalt wie eine Hundeschnauze. Aber warum sollte er lügen?

Die Bilder von der Sabine … Eine nette junge Frau, völlig normal. Obwohl, wer konnte das sagen? Damals, als das Museum Kurhaus eröffnet worden war, hatte er dort eine Installation gesehen. In einem Raum hatten lauter Fotoporträts von Mördern und ihren Opfern gehangen, ohne Bildunterschriften. Und es war ihm unmöglich gewesen zu sagen, wer Täter und wer Opfer gewesen war.

Hoppla, jetzt hätte er doch beinahe die Abzweigung verpasst! Da war die Schule auch schon, ganz schön groß. Er stellte seinen Wagen auf dem Lehrerparkplatz ab und machte sich auf die Suche nach dem Sekretariat.

Die Frau, die dort arbeitete, machte einen pfiffigen Eindruck. «Da brauche ich gar nicht im Archiv nachzuschauen, an Sabine Maas kann ich mich gut erinnern. Ich arbeite nämlich schon seit über dreißig Jahren hier. Und der Mord an dem Kind ist ja durch die ganze Presse gegangen. Sabine M. hieß es da nur, aber auf den Fotos hat man sie natürlich erkannt. Eine Lehrerin von ihr ist immer noch hier an der Schule, Frau Bauer. Augenblick mal.»

Sie ging zu einer riesigen Wandtafel mit Hunderten von verschiedenfarbigen Schildchen, dem Stundenplan, wie es aussah. Dann schaute sie auf die Uhr. «Ihr Unterricht hat gerade erst angefangen. Sie haben wohl nicht die Zeit, bis zur Pause zu warten?»

«Leider nich'.»

«Frau Bauer ist in einer Klasse drüben im Westflügel, aber das finden Sie nie. Ich werde sie auf ihrem Handy anrufen.»

Ackermann wartete auf dem Gang. Es dauerte nur ein

paar Minuten, dann kam eine ältere Frau auf ihn zuge-
laufen: hüftlanges graues Haar, rote Pumphosen, weites
graues T-Shirt, Gesundheitssandalen.

«Mist», dachte Ackermann, «eine Ökoschlunze.» Mit
denen tat er sich schwer, meistens konnten sie ihn nicht
leiden.

«Sie hat sich umgebracht? Das ist ja schrecklich.»
Bestürzt legte Frau Bauer die Hände an die Wangen,
fasste sich aber schnell. «Lassen Sie uns nach draußen
gehen. Ich brauche frische Luft.» Sie führte ihn in einen
begrünten Innenhof mit einem Springbrunnen und
einer Bank.

«Wenn es doch ein Freitod war, wieso interessiert sich
dann die Mordkommission dafür?»

«Weil der Sohn von Sabine Maas letzten Samstag in
Kessel erschossen worden is'.»

Renate Bauer blickte fassungslos. «Ich verstehe überhaupt nichts mehr.»

«Macht nix», meinte Ackermann, was die Lehrerin
nicht zu erfreuen schien. «Erzählen Sie mir doch einfach ma' wat von Sabine Maas. Wat Ihnen so innen Sinn
kommt.»

Diese Aufforderung schien sie zu befremden, aber
schließlich begann sie doch zu reden.

«Sie müssen wissen, dass Sabine nicht einfach eine
Schülerin für mich war. Ich würde sagen, sie war eher
eine Freundin. Wir haben uns gemeinsam politisch
engagiert, gegen Kernkraft, gehörten 1977 beide zu den
Gründungsmitgliedern der Bürgerinitiative ‹Stop Kal-

182

kar». Bis 79 hatten wir sogar unsere Zentrale auf Sabines Hof.»

«Dann war die Sabine also 'n politischer Mensch?»

Sie schaute überrascht. «Nein, überhaupt nicht. Das Mädchen war eher einfach gestrickt. Wissen Sie, ihre Eltern waren bei einem Verkehrsunfall ums Leben gekommen, als sie gerade einmal achtzehn war. Ich war damals quasi die Einzige, die sich um sie gekümmert hat. Und ich denke, ihr politisches Engagement hat ihr über die Tragödie hinweggeholfen. Deshalb habe ich sie darin bestärkt.»

«Hm. Wir haben gehört, dat die Sabine auf dem Hof 'ne WG gehabt hat.»

«Ja, das stimmt, so zwei, drei Jahre lang. Das Kind musste sich schließlich die Hörner abstoßen, wie Sie und ich auch.»

«Wissen Sie, wer bei ihr gewohnt hat?»

«Ich weiß, wer am Anfang dort eingezogen ist», entgegnete sie kühl. «Die waren alle in Sabines Klasse, alles meine Schüler. Karen Wimmers, Stefan Möllemann, Monika Groß ...»

«Stopp, stopp», rief Ackermann, «so schnell kann ich nich' schreiben.»

Sie wiederholte die Namen und fuhr fort: «Volker Kluge und Sabines Freund, Kai Stepanski. Wer später noch alles dort gewohnt hat, entzieht sich meiner Kenntnis. Das wechselte ständig. Sabine war naiv, leicht auszunutzen. Ich habe ihr schließlich geraten, die ganze Bande rauszuwerfen, und sie hat auf mich gehört.»

«Un' wann war dat?»

Die Lehrerin überlegte kurz. «Das war nach der Pfingstdemo in Kalkar, also im Frühsommer 79. Karen und Stefan haben noch ein paar Wochen länger dort gewohnt, sind dann aber auch ausgezogen.»

«Un' wat war mit Sabines Freund?» Ackermann schaute auf seinen Zettel. «Diesem Kai Stepanski?»

«Ach der! Den hatte Sabine schon Monate zuvor in die Wüste geschickt. Er war drogenabhängig.»

Ackermann rechnete. «Sabine muss im September 79 schwanger geworden sein», stellte er fest. «Dann kann der Stepanski nicht Sebastians Vater sein.»

«Tja, wer weiß? Vielleicht hat er Sabine noch einmal besucht. Das könnte schon passen. Sabine hat sich über den Kindesvater ausgeschwiegen. Vielleicht, weil es ihr peinlich war, dass sie sich wieder mit diesem Junkie eingelassen hatte.»

«Können Sie mir denn sagen, wat aus denen geworden is', aus denen, die zuerst da gewohnt haben?»

«Selbstverständlich», antwortete sie herablassend. «Ich halte mich auch über ehemalige Schüler auf dem Laufenden, soweit es mir möglich ist.»

Ackermann zückte sofort wieder seinen Stift.

«Zu Karen und Stefan habe ich noch guten Kontakt. Sie sind miteinander verheiratet und haben sich vor ein paar Jahren mit einem Restaurant in Kleve selbständig gemacht. Kai ist damals nach Berlin gegangen, und Volker arbeitet in den USA, in Boston, soweit mir bekannt ist.»

«Un' die Monika Groß?»

«Ach ja, die lebt in Neuseeland, hat einen Schafbaron geheiratet.»

«Wenn ich dat richtig versteh', hatten Sie noch Kontakt mit Sabine, als et die WG schon nich' mehr gab.»

«Natürlich! Ich war praktisch die Einzige, die sich während ihrer Schwangerschaft um sie gekümmert hat. Ich hatte ihr sogar angeboten, ihr bei der Geburt zur Seite zu stehen, aber das hat sie abgelehnt. Vermutlich war es ihr unangenehm. Tja, und dann ...» Sie drehte die Handflächen nach oben und schaute sehr ernst. «Als Sebastian geboren war, haben wir nach und nach den Kontakt zueinander verloren. Sabine ist noch ein paarmal zu den Initiativtreffen gekommen, aber da hat sie schon in ihrer eigenen Welt gelebt. Als der Mord passierte, habe ich mir die bittersten Vorwürfe gemacht. Ich nehme an, Sabine hatte eine schwere postnatale Depression, und keiner hat es bemerkt, nicht einmal ich. Wenn eine solche Krankheit sich manifestiert, kann das Schlimmste passieren, und das ist dann ja auch geschehen.»

«Haben Sie die Sabine nochma' gesehen? Als sie aus dem Knast raus war, mein' ich. Die hat nämlich hier in Krefeld gewohnt.»

«Nein.» Renate Bauer stand abrupt auf. «Wenn Sie weiter keine Fragen haben, ich muss zurück in den Unterricht.»

Ackermann setzte sein freundlichstes Lächeln auf. «Okay, für 'n Moment wär' et dat, un' sonst meld' ich mich nochma'. Ach nee, Sekunde, die Adresse von dem Restaurant von diesen Möllemanns bräucht' ich noch.»

Sie nannte sie ihm und rauschte davon.

«Blöde Schnepfe», murmelte er und holte sein Handy heraus, um Cox anzurufen.


Peter Cox hatte zwei unangenehme Stunden hinter sich.

Um kurz vor neun war ein energischer uniformierter Kollege, den er nicht kannte, in sein Büro gekommen: «POM Schliepkötter aus Radevormwald. Ich bringe Ihnen die Finkensiepers. Wir konnten sie nicht alleine fahren lassen, sie sind nicht ganz bei sich. Eigentlich hätte man einen Arzt holen müssen, aber sie wollten unbedingt sofort hierher, dabei sind sie schon seit über dreißig Stunden ohne Schlaf.»

Rolf und Marita Finkensieper waren beide tief verstört gewesen, der Mann wie erstarrt, die Frau, höchstens Mitte fünfzig, hatte sich bewegt wie eine Achtzigjährige. Sie war es gewesen, die mit fiebrigem Glanz in den Augen gefragt hatte, was genau passiert war.

Sebastian hatte ihnen nicht erzählt, dass er herausgefunden hatte, wer seine leibliche Mutter war, nichts von ihrem Tod, nichts von der Erbschaft, nicht, dass es ihn nach Kessel zog.

Die Eltern hatten nie ein Geheimnis daraus gemacht, dass sie ihn adoptiert hatten. Als er in dem Alter gewesen war, in dem man Fragen stellte, hatten sie ihm erklärt, seine Eltern seien bei einem Unfall getötet worden, er sei in ein Heim gekommen, und dort hätten sie ihn gefunden. Seine Geburtsurkunde hatte er nie sehen wollen.

«Wir konnten ihm doch nicht sagen, dass seine Mutter eine Mörderin war», hatte der Vater gejammert, «eine Kindermörderin!»

«Seit wann wusste Bastian es?» Das war von der Mutter gekommen.

«Seit vier Wochen», hatte Cox geantwortet. «Wann haben Sie Ihren Sohn das letzte Mal gesehen?»

«Anfang März.» Der Vater hatte es wie eine Frage klingen lassen. «Aber wir haben miteinander telefoniert. Zuletzt an dem Tag, als wir nach Afrika aufgebrochen sind, am 14. April. Er klang ganz normal, wie immer ...»

Dann hatte die Mutter gestöhnt: «Ich will ihn sehen, ich will mein Kind sehen.»

Cox war erleichtert gewesen, dass er das Wort Identifizierung nicht hatte in den Mund nehmen müssen. «Ich begleite Sie. Ich muss uns nur kurz telefonisch anmelden. Gehen Sie doch schon einmal hinunter, ich komme sofort.»

Bonhoeffer war gleich selbst am Apparat gewesen.

«Hör zu, Arend, ich bin in einer halben Stunde mit Finkensiepers Eltern bei dir.»

«Gut, ich werde ihn so abdecken, dass man nur die heile Gesichtshälfte sieht.»

«Und sorge dafür, dass ein Arzt in der Nähe ist.»

«Ich bin Arzt.»

«Du weißt schon, was ich meine. Ich fürchte, die klappen uns beide zusammen.»

Und so war es dann auch gekommen.

Als Ackermann anrief, war er gerade wieder aus Emmerich zurück.

Jupp hatte also tatsächlich zwei Leute ausfindig gemacht, die damals in der Kesseler WG gelebt hatten, die Besitzer des Restaurants «Agave». Cox kannte das Lokal nur vom Hörensagen – klein, fein und sehr teuer.

Van Appeldorn hatte Karen Möllemann angerufen und ihr von Sabine Maas' Selbstmord berichtet, damit sie sich ein wenig fassen konnte, bevor sie miteinander redeten. Ihr Mann sei nicht da, hatte sie gesagt, er besuche gerade ein paar Weingüter im Elsass, aber sie sei gern bereit, sich Zeit zu nehmen.

Eine Köchin hatte er sich anders vorgestellt. Karen Möllemann war schlank, fast schon mager, hatte kurzes blondes Haar und sehr helle Haut.

«Ich dachte, es ist so warm heute, dass wir uns nach draußen setzen können. Kommen Sie.»

Sie führte ihn ums Haus herum zu einer Terrasse aus Naturstein. Unter einer alten Buche war ein Tisch gedeckt: Bruschetta, Oliven, geröstetes Körnerbrot mit Ziegenkäse, Krüge mit Saft und Wasser.

Van Appeldorn fühlte Verärgerung aufsteigen. Er war nicht zu seinem Vergnügen hier, er hatte einen Mord aufzuklären, er wollte wissen, wer Sebastians Vater war, wollte etwas über den Geisteszustand der Maas heraus- finden.

Die Frau schien seine Verstimmung zu spüren.

«Wenn Sie Appetit haben …», sagte sie leise.

Van Appeldorn bemühte sich um ein Lächeln. Es brachte gar nichts, wenn er sie einschüchterte. «Ein Glas Saft wäre wunderbar.»

Sie sollte möglichst ungezwungen in ihren Erinne- rungen kramen, was sie schließlich auch tat.

«Sabine war ein richtiges Landei, auch wenn sie es nicht wahrhaben wollte.»

«Kurz vor Weihnachten 76 sind wir fünf zu ihr auf den Hof gezogen und kamen uns so toll vor – eine Kommune.»

«Natürlich haben wir alle gekifft! Das waren die Siebziger, was denken Sie denn? Aber Sabine hat sich eigentlich nichts daraus gemacht.»

«Was die Leute im Dorf uns nicht alles angedichtet haben. Gruppensexorgien! Freie Liebe, dass ich nicht lache. Wir waren so was von brav und bieder, zumindest Sabine und ich. Ich war damals schon fest mit meinem jetzigen Mann zusammen und Sabine mit Kai.»

«Nein, Kai kann nicht Sebastians Vater sein. Als Sabine schwanger wurde, war er schon tot. Sie hat sich von ihm getrennt, als er anfing zu fixen. Ich glaube, das war im Sommer 78. Er ist dann nach Berlin gegangen und hat sich ein paar Monate später den goldenen Schuss gesetzt. Ich weiß davon nur, weil Kais Familie und meine Eltern

Nachbarn sind. Die Stepanskis haben das nicht an die große Glocke gehängt.»

«Ich glaube, am Anfang war die WG für Sabine so etwas wie ein Familienersatz. Später wurde es dann chaotisch, ständig neue Leute, die man kaum kannte. Sabine war ein Schaf, ließ sich auf der Nase herumtanzen. Aber eines Tages ist es sogar ihr zu viel geworden, und sie hat alle rausgeworfen. Stefan und ich hätten bleiben können, aber uns war inzwischen mehr nach Zweisamkeit, und wir wollten auch beruflich weiterkommen.»

«Unser Kontakt später war eher lose. Einmal haben mein Mann und ich sie Weihnachten besucht, aber wir hatten nicht viel gemeinsam. Und als sie dann das Kind kriegte … Vielleicht wissen Sie, wie junge Mütter sind. Für Sabine gab es kein anderes Thema mehr. Sie hatte ein Kind, ich hatte keines und wollte auch keines.»

«Ich habe nicht die leiseste Ahnung, wer Sebastians Vater ist. Natürlich habe ich gefragt, aber Sabine sagte nur, das wäre völlig unwichtig, es sei ihr Kind und nur ihres. Da habe ich nicht weiter nachgebohrt, wäre auch zwecklos gewesen, sie konnte nämlich auch stur sein.»

«Wann ich Sabine das letzte Mal gesehen habe? Das ist sehr lange her. Wir sind noch einmal bei ihr gewesen, als das Kind so um die zwei war. Mein Mann und ich arbeiteten damals beide in Köln und standen beruflich unter einem enormen Druck. Wir dachten wohl, eine Woche bei Sabine auf dem Land würde uns guttun, aber es war unerträglich. Nicht nur, dass Sabine und der Kleine aneinanderklebten wie siamesische Zwillinge, sie hatte auch Tag und Nacht sämtliche anderen Kleinkinder aus dem Dorf bei sich versammelt. Aber für sie war das anscheinend das Richtige. Man merkte, wie viel Spaß ihr das machte. Ich weiß noch, dass ich gesagt habe, sie solle sich zur Erzieherin ausbilden lassen, dann würde sie wenigstens Geld dafür bekommen. Aber Sabine hat darüber nur gelacht. ‹Mir geht's doch gut›, sagte sie immer. Ich konnte es manchmal schon nicht mehr hören. Nicht, dass Sie mich falsch verstehen, ich mochte sie gern. Nur, na ja, sie machte ihr Ding, ich machte meines. Das war ganz in Ordnung.»

«Von dem Mord habe ich aus der Zeitung erfahren. Ich war völlig geschockt.»

«Nein, ich habe nicht versucht, zu ihr Kontakt aufzunehmen. Ich weiß nicht, ob Sie eine Vorstellung von unserem Beruf haben. Als Sabine ins Gefängnis kam, arbeitete Stefan in London, und ich machte eine Zusatzausbildung zur Patissière in Zürich. Sabine und ihre heile Welt waren Lichtjahre entfernt.»

«So heil ist ihre Welt wohl doch nicht gewesen», warf van Appeldorn ein.

Karen Möllemann schaute ihn betreten an. «Das stimmt wohl. Verstanden habe ich es nie. Sabine war lieb, vielleicht ein bisschen weltfremd manchmal.» Sie lachte kurz auf. «Obwohl sie doch tatsächlich die Anti-AKW-Bewegung mitbegründet hat. Aber da war sie wohl eher williges Werkzeug der lieben Renate, unserer SoWi-Lehrerin. Sabine hat den Leuten ihren Hof als Zentrale zur Verfügung gestellt und uns damit tatsächlich eine Polizeirazzia eingehandelt vor der großen Demo 77 in Kalkar. Und irgendwie hat sie sogar alle aus der WG, selbst die ständig Bekifften, dazu gebracht, an der Demo teilzunehmen. Sie hatte für alle Räder besorgt und geheime Zufahrtswege ausgearbeitet. Das hatte ein bisschen was von ‹Räuber und Gendarm›. Echt süß.»

Wieder unterbrach van Appeldorn sie: «Echt süß, ein Schaf, weltfremd, lieb – so beschreiben Sie Sabine. Wie geht das zusammen mit der Tatsache, dass sie auf brutale Weise ein kleines Kind tötet?»

Karen Möllemann rieb sich die Arme. «Ich weiß es nicht. Ich sage ja, ich habe es nie verstanden. Bis heute nicht. Es tut mir so leid. Sie war jünger als ich, und jetzt ist sie tot.»

«Vielleicht haben Sie es in der Zeitung gelesen: Am Samstag ist in Kessel ein junger Mann erschossen worden.»

«Ja, davon habe ich gehört. Schrecklich! Und ausgerechnet hier bei uns, wo die Welt noch in Ordnung ist.»

«Der Tote war Sabines Sohn Sebastian.»

# Siebzehn

Cox hatte über Grundbucheintragungen und Katasterauszügen gesessen und schaute sich gerade auf einer alten Karte das Grundstück an, das zum Maashof gehört hatte, als Penny anrief.

«Ich bin noch bei der KGG. Sie haben mir alle Kaufverträge mit Grundstückseignern in Kessel aus den Jahren 84 bis 89 vorgelegt. Der Vertrag mit Sabine Maas ist koscher. Man hat ihr sogar einen sehr guten Preis gezahlt. Ich habe dir den Vertrag gerade zugemailt, weiß aber nicht, ob es geklappt hat. Schaust du mal nach?»

«Doch, ist angekommen.» Cox klickte auf ‹Drucken›.

«Dann kannst du dich ja jetzt auf den Rückweg machen, Sweetie, ich hab schon Sehnsucht.»

«Bis gleich», antwortete sie nur — offenbar war sie nicht allein.

Er überflog das Vertragswerk. Karl-Heinz Boskamp, ein Anwalt aus Goch, hatte für Sabine Maas die Verhandlungen geführt. Penny hatte recht. Das Katasteramt hatte ihm den in jenen Jahren üblichen Quadratmeterpreis genannt, und der von Boskamp mit der KGG ausgehandelte lag ein wenig höher.

Wegen der KGG war Finkensieper jedenfalls nicht in Kessel gewesen.

Bei der Staatsanwaltschaft hatte Toppe erfahren, dass auch Sebastian Finkensieper sich für die Akte ‹Der Staat gegen Sabine Maas› interessiert hatte. Am vorletzten Montag, am Morgen des 16. April, war er dort gewesen, um sich eine Kopie der Prozessakte zu ziehen.

Am frühen Montagmorgen … dann war das vielleicht das Erste gewesen, was er unternommen hatte, nachdem er bei van Beek in Kessel eingezogen war.

Toppe lief die Stufen hinauf.

Der Diensthabende auf der Wache feixte. «Im Büro wartet eine Überraschung auf Sie.»

Es war Astrid, die gerade den Tisch an seiner neuen Sitzecke deckte.

«Pizza!» Sie lächelte. «Ich habe denen eine Warmhaltebox abluchsen können.»

Er warf die Akte auf den Schreibtisch und umarmte sie. Sie wurde ganz weich, küsste ihn lange.

«Dir geht es besser», stellte er fest, und ihm wurde ganz mulmig vor Erleichterung.

«Ja, mir geht es viel besser.» Endlich lächelten auch ihre Augen wieder mit.

«Was ist passiert?»

«Ich weiß es eigentlich gar nicht. Ich saß da in der Firma über meinen Zahlenkolonnen und dachte auf einmal: Ich habe Hunger, und ich will meinen Mann sehen.»

Teller, Besteck, Gläser und Servietten hatte sie in der Pizzeria ausgeliehen und eine Flasche Rotwein gekauft.

«Komm, ich habe wirklich Hunger.»

Er freute sich. Sie hatte so viel abgenommen in den letzten Monaten, im Essen nur herumgestochert, obwohl er sich alle Mühe gegeben hatte. Wann immer es ging, hatte er das Kochen übernommen und alle ihre Lieblingsgerichte auf den Tisch gebracht.

Sie stürzte sich förmlich auf ihre Pizza und war schon fertig, als Toppe seine gerade einmal zur Hälfte geschafft hatte. Dann goss sie sich ein zweites Glas Wein ein.

«Weißt du, als ich vorhin ankam, dachte ich, mich würde das heulende Elend überfallen. Aber das ist nicht passiert. Ich vermisse den Laden hier überhaupt nicht. Komisch, oder? Die Arbeit in der Firma fängt an, mir Spaß zu machen, jetzt, wo ich langsam den Durchblick bekomme. Und unsere Tochter fühlt sich im Hort pudelwohl.»

Das Erste, was sie eingeführt hatte, als sie die Fabrik übernehmen musste, war der Hort für die Kinder der Angestellten.

«Das Einzige, was ich wirklich vermisse, ist, dass wir beide nicht mehr den ganzen Tag zusammen sind.»

Sie nahm ihm das Besteck aus der Hand, küsste ihn, ging dann zur Tür und schloss ab.

«Also heißt es ab jetzt: Nutze den Augenblick.»

Zu den Annehmlichkeiten seiner neuen Position gehörte zweifelsohne das eigene Bad.

Toppe trocknete sich ab und schlüpfte in frische Kleider. Auch das bequeme Sofa hatte durchaus etwas für sich. Er musste grinsen. «Ist dir eigentlich klar, dass du es hier mit einer Multimillionärin treibst?», hatte sie gefragt. Daran hatte er tatsächlich noch keinen Gedanken verschwendet, an ihrem Alltag hatte das bisher nichts geändert.

Er brühte sich einen Espresso auf, setzte sich an den Schreibtisch und nahm sich die Prozessakte vor.

Die Tatortfotos.

Das tote Kind, bekleidet mit einer Badehose, eine weiße Plastiktüte über dem Kopf, am Hals zusammengebunden mit einer Art Angelschnur, unordentlich umwickelt, nicht verknotet. Gleich neben der linken Hand, halb im Wasser, ein geringeltes Achselhemdchen und ein Badeschuh.

Ein Foto von im Gras verstreuten Gegenständen: eine Rolle Nylonschnur, eine Zigarrenkiste voll bunter Perlen und Federn, ein Kulturbeutel mit Theaterschminke, eine Plastikdose mit Stücken von der Schale einer Wassermelone, zwei leere Mineralwasserflaschen.

Fußspuren im nassen Sand, alle mit den üblichen Spurentäfelchen markiert, ebenso verschiedene Schuhspuren.

Ein Foto von einem umgekippten Dreirad.

Der Bericht des Pathologen: Tod durch Ersticken. Keine äußeren und inneren Verletzungen, auch keine Abwehrverletzungen, keine Anzeichen von Gewaltanwendung. Unter den Fingernägeln Sand.

Das Protokoll zur polizeilichen Vernehmung von Sabine Maas am späten Abend des 12. August 1983: Sabine hatte mit ihrem Sohn Sebastian im Garten gespielt, als gegen 13 Uhr 30 ein paar Kinder aus dem Dorf zu Besuch gekommen waren. Mit ihnen und ihrem Sohn war sie dann zum Baggersee gegangen, wo sie gemeinsam geschwommen waren und gespielt hatten.

Gegen 17 Uhr war Sabine Maas in den Ort zurückgekehrt und hatte die Kinder nach Hause geschickt. Sie selbst hatte dann Brot gebacken.

Etwa eine halbe Stunde später waren einige Kinder aus dem Dorf wieder bei ihr aufgetaucht, diesmal mit ihren Fahrrädern, und Sabine Maas hatte ihren Sohn mit seinem Dreirad hinausgeschickt, damit er noch ein wenig mit den anderen Kindern spielen konnte.

Gleichzeitig hatte sie festgestellt, dass ihre Kuh sich losgerissen hatte und im Morast feststeckte. Es hatte etwa zwanzig bis dreißig Minuten gedauert, bis sie die Kuh in den Stall zurückgebracht hatte.

Also war es wohl gegen 18 Uhr gewesen, als sie ihren Sohn den Weg aus Richtung Baggerloch entlangkommen sah, ohne Dreirad, völlig verstört und sprachlos.

Sie hatte den Jungen gebadet, ihm etwas zu essen gegeben und sich dann mit ihm ins Bett gelegt, weil er ohne sie nicht einschlafen konnte.

Ihr Haus hatte sie an diesem Abend nicht mehr verlassen.

Die Anklageschrift:

Hier fand Toppe die Namen und das Alter der Kinder, mit denen Sabine Maas am See gewesen war: Dennis Pitz (9 Jahre), Kevin Pitz (6 Jahre), Jörg Goossens (10 Jahre), Heiko Goossens (8 Jahre), Simon und Alexander van Beek (beide 6 Jahre) und Andreas van Beek (4 Jahre).

Toppe blätterte nach hinten, aber er fand nichts. Offensichtlich hatte die Polizei die Kinder nicht vernommen. Auch der Anwalt von Sabine Maas schien keine Vernehmung beantragt zu haben. Seltsam ... Wie hieß der Mann überhaupt? Boskamp, nie gehört.

Der Bericht von der Spurensicherung und die Auswertung: Die am Tatort gefundenen Gegenstände konnten eindeutig Sabine Maas zugeordnet werden, alle, auch die Plastiktüte, wiesen unter anderem ihre Fingerspuren auf. Das gefundene Dreirad gehörte ihrem Sohn.

Im Bereich des Badestrandes hatte man ausschließlich Fußspuren von Kindern und von Sabine Maas gefunden. Darüber hinaus Schuhspuren der vier Väter, die den toten Jungen gefunden hatten.

Indizien, dachte Toppe. Und nicht einmal besonders gute. Warum lässt die Täterin quasi ihre Visitenkarte am Tatort zurück? Warum hat sie, nachdem das Kind tot war, die verräterische Plastiktüte nicht entfernt? Auch die Fußspuren waren ein dünnes Indiz. Der Täter hätte doch auch mit einem Boot über das Wasser gekommen sein können. Außerdem hatten die Schuhsohlen der Männer etliche darunterliegende Abdrücke zerstört. Auf den Gegenständen am Tatort, auch auf der Plastiktüte, hatte man Sabine Maas' Fingerspuren gefunden, unter anderen. Wer, außer ihr, hatte seine Fingerabdrücke hinterlassen? Das war offenbar nicht untersucht worden.

Aber da gab es die Aussagen von drei Zeugen, die

alle dasselbe beobachtet hatten: Gegen 18 Uhr 10 an diesem Freitagabend war Sabine Maas mit ihrem Sohn, der auf seinem Dreirad saß, und Kevin Pitz zum Baggerloch gegangen. Sie hatte eine weiße Plastiktüte bei sich gehabt.

Die Zeugen waren: Kurt Goossens, Hans-Jürgen Küppers und Manfred van Beek.

Goossens hatte es von seinem Garten aus beobachtet, Küppers auf der Rückfahrt von einem Waffenladen aus seinem Auto, und van Beek war mit dem Fahrrad unterwegs gewesen.

Dann gab es noch eine vierte Zeugenaussage.

Toppe schüttelte ungläubig den Kopf.

Herta van Beek hatte wiederholt beobachtet, dass Sabine Maas am helllichten Tag mit ihrem Sohn nackt im See gebadet hatte und dass auch andere Kinder – alles Jungen –, wenn sie in Maas' Garten gespielt hatten, nackt gewesen waren.

Toppe suchte nach weiteren Aussagen, aber er fand keine. Wo waren berechtigte Zweifel angemeldet worden? Wo waren die Entlastungszeugen? Wo war jemand, der etwas Positives über Sabine ausgesagt hatte? Was war das für ein Anwalt? Was hatte er für Sabine getan?

Dieser Prozess stank zum Himmel.

Man hatte einen Psychiater als Gutachter hinzugezogen: Das EEG war unauffällig gewesen, der Intelligenztest bescheinigte einen durchschnittlichen IQ. Darüber hinaus waren noch verschiedene Persönlichkeitstests durchgeführt worden.

«Die übertriebene Sorge um ihr eigenes Kind, das zur Zeit in einem Heim untergebracht ist, weist auf mangelndes Mitleid mit dem Opfer und ein inneres Verleugnen der Tat hin.»

Aus der Tatsache, dass Berichte vom Staatsschutz über Sabines aktive Anti-AKW-Zeit vorlagen, schloss der Psychiater: «Es könnte eine narzißtische Störung vorliegen. Die Probandin möchte der Welt vorschreiben, wie sie zu funktionieren hat. Das sture Beharren auf bestimmten Prinzipien mag der Versuch sein, eine drohende Psychose abzuwenden.»

«Es besteht keine ausgeprägte Form der Aggressivität. Jedoch könnte es sein, daß die Probandin durchaus die Fähigkeit besitzt, die Kontrolle der zweifelsohne in ihr vorhandenen aggressiven Triebimpulse durch die Fassade der ‹bescheidenen jungen Frau› vorzutäuschen.»

«Es kann nicht mit an Sicherheit grenzender Wahrscheinlichkeit ausgeschlossen werden, dass keine Pädophilie vorliegt.»

Dieses Gutachten hatte Sabine Maas wohl endgültig den Hals gebrochen.

Toppe zog sein Telefonregister heran und suchte die Nummer der Anwaltskammer heraus.

Die Firma, die die Überraschungseier herstellte, war außergewöhnlich kooperativ, man hatte extra einen Mitarbeiter freigestellt, der Cox bei der Identifizierung der am Tatort gefundenen Kleinteile helfen sollte.

Cox hatte sieben Fotos hinübergemailt und bekam

jetzt viertelstündlich Post von einem Marco Ferreira, der offensichtlich Spaß an der Sache hatte. «Foto 89 zeigt einen Liegestuhl aus unserer Serie ‹Happy Hippos›.»

Am Ende blieben Foto Nr. 4 und Foto Nr. 56 übrig, bei denen Ferreira sicher ausschließen konnte, dass sie Teile aus Überraschungseiern zeigten.

Cox nahm die beiden Fotos und ging ins Labor hinüber.

Van Gemmern stand am Tisch. Er trug eine Lupenbrille und stocherte mit einer langen Pinzette in einem braunen Klumpen herum, der nicht sehr angenehm roch.

«Was treibst du denn da?», fragte Cox neugierig.

«Glaub mir, das willst du gar nicht wissen.» Van Gemmern nahm die Brille ab. «Bist du bei deinen Überraschungseiern fündig geworden?»

«Ja, tatsächlich. Nur diese beiden Dinger hier müssen etwas anderes sein.»

«Zeig nochmal her. Das rote hier sieht aus, als wäre es irgendwo abgebrochen.»

«Ja», nickte Cox. «Vielleicht von einem Sandförmchen. Siehst du die Wölbung hier?»

«Hm.» Van Gemmern konzentrierte sich auf das andere Foto, das einen sehr kleinen grauen Kunststoffgegenstand zeigte, rund mit einem Loch in der Mitte und sechs gespreizten Armen. «Das könnte eine Art Spezialdübel sein», überlegte er. «Da gibt es doch diesen Werkzeugladen in Materborn …»

«‹Van Geldern›», half Cox ihm aus. Das Geschäft war,

seit er mit der Hausrenovierung angefangen hatte, zu seinem zweiten Heim geworden. «Alles Fachleute.»

«Dann lass mir das Bild mal da. Ich werde später hinfahren.»

Selbst Ackermann fand zunächst keine Worte, als Toppe seinen Bericht über den Prozess gegen Sabine Maas beendet hatte.

«Und es kommt noch besser.»

Toppe war zu Boskamps ehemaliger Kanzlei gefahren. Er hatte eigentlich nicht viel Hoffnung gehabt, dass Boskamps Nachfolger die alten Akten seines Vorgängers aufbewahrt hatte – schließlich waren seit dem Prozess dreiundzwanzig Jahre vergangen –, aber er hatte eine Überraschung erlebt. «Die Akte Sabine Maas?» Der Anwalt war ziemlich perplex gewesen. Erst vor vierzehn Tagen war ein junger Kollege, ein Herr Finkensieper aus Düsseldorf, bei ihm gewesen und hatte nach derselben Akte gefragt. Man hatte ihn in den feuchten Keller geschickt, in dem Boskamps Papiere in unordentlichen Stapeln vor sich hin moderten. «Der Kollege hat zwei Tage benötigt, aber er ist tatsächlich fündig geworden.» Das war am 18. und 19. April gewesen. «Ich wollte ihm die Akte eigentlich mitgeben, aber als er mir erklärte, dass er ein Wiederaufnahmeverfahren anstrengen will, habe ich doch lieber Kopien gemacht.»

«Es war Boskamps erster Strafprozess», erklärte Toppe, «aber das wird ja nur allzu deutlich. Zwei wichtige Dinge habe ich in seinen Anmerkungen gefunden. Erstens: Es war Sabine, die es vehement abgelehnt hat, die Kinder vernehmen zu lassen. Und zweitens steht hier folgender Satz: ‹Ich habe Sabine dringend davon abgeraten, die Vergewaltigung im Jahre 1979 ins Feld zu führen. Das könnte gerade unter den jetzigen besonderen Umständen als Schutzbehauptung verstanden und gegen sie verwendet werden.›»

# Achtzehn   *Es waren vier.*

*Als ich wach werde, ist der Erste schon auf mir drauf.*

*Ich schreie, sie lachen, sie halten meine Arme fest, umklammern meinen Kopf.*

*Der Erste stößt in mich hinein. Ich zerreiße.*

*Ich schreie, einer schlägt mir ins Gesicht, er zerfetzt mein Nachthemd, zerquetscht meine Brüste.*

*Der Biergestank. Ich kotze.*

*Sie stoßen mich alle, immer und immer und immer wieder.*

*Ich bin nicht hier.*

*Es waren vier. Ich konnte sie nicht sehen, aber ich weiß, wer es war.*

*Jeder von ihnen kennt mich seit meiner Geburt.*

*Sie lassen mich liegen wie ein halbtotes Stück Vieh.*

*Sie sind weg. Lassen mich liegen in meiner Kotze und in meinem Blut.*

*So viel Blut.*

*Die Nachttischlampe funktioniert nicht.*

*Zehn Minuten? Zwölf? Zwölftausend Jahre.*

*Ich lasse mich aus dem Bett fallen, krieche zum Lichtschalter, ziehe mich am Türpfosten hoch. Die Deckenlampe ist auch kaputt.*

*Sie haben die Sicherung rausgedreht.*

*Mir ist so kalt.*

*Der Sicherungskasten.*

*In jedes Zimmer, alle Lichter einschalten, alle.*

*Die Türen verriegeln, das Tennentor.*

*Ich stinke nach Samen.*

*Die Wurzelbürste aus der Spülküche. Die Dusche, kochend heiß. Schrubben, schrubben.*

*Der Gestank, Seife und Shampoo. Waschpulver.*

*Es waren vier. Ich kenne sie alle.*

*Keiner wird mir glauben.*

**Neunzehn** «Du meinst also, die Sabine is' et gar nich' gewesen?», fragte Ackermann rau.

Toppe hob die Schultern. «Zumindest konnte meiner Ansicht nach ihre Schuld nicht eindeutig bewiesen werden. Man hat nie in Erwägung gezogen, dass Sabine die Wahrheit sagen könnte. Es ist nicht einmal ansatzweise untersucht worden, ob ein anderer als Täter in Frage kam. Wieso hat die Frau sich nur keinen fähigeren Anwalt genommen?»

«Dieser Boskamp hat für sie auch später mit der KGG verhandelt», erklärte Cox. «Vermutlich war er ein Freund der Familie.»

Schnittges kaute nachdenklich auf seinem Daumennagel. «Okay, spielen wir es doch einfach einmal durch, dass Sabine nicht die Mörderin war. Dann sollten wir als Erstes die Kinder von damals fragen, was an diesem unseligen Freitag im August 83 tatsächlich passiert ist.»

«Dennis Pitz war vorgestern in Kessel», erinnerte sich Penny, «und er wollte auch bis zur Beerdigung seines Vaters bleiben. Aber glaubt ihr wirklich, eine Vernehmung bringt etwas? Überlegt doch mal, wie klein die Kinder noch waren.»

«Ich glaub' wohl, dat die sich erinnern würden, wenn

man se 'n bissken kitzelt. Der Dennis war neun, Jörg Goossens sogar schon zehn un' der andere Goossens acht. Ich kann mich an Sachen aus der Zeit erinnern, an wat Schönes, an wat richtig Peinliches un' ganz bestimmt an Sachen, die wehgetan haben. Ich mein', da is' 'n Mord passiert, 'n Freund von denen is' umgebracht worden.»

«Sabine sagt aus, dass Sebastian verstört und sprachlos war, als er vom See zurückkam», überlegte Schnittges. «Er könnte die Tat beobachtet haben. Vermutlich konnte er sich das Ganze nicht erklären, weil er erst drei war, aber dass etwas Schreckliches passierte, das hat er gemerkt. Als ich vier war, ist meine Schwester von einem Auto angefahren worden, und das Bild habe ich heute noch vor Augen.»

«Du meinst, als Finkensieper nach Kessel kam, hat er sich erinnert?» Penny klang nicht überzeugt.

«Spätestens, als er die Prozessakten gelesen hat, könnte das Bild wieder aufgetaucht sein.»

«Möglich», räumte van Appeldorn ein. «Mir ist aufgefallen, dass Kevin keine Abwehrverletzungen hatte. Das heißt doch, er muss seinen Mörder gut gekannt haben.»

«Sabine Maas hat er gut gekannt», sagte Cox. «Aber ich frage mich schon die ganze Zeit: Warum bringt die Frau das Kind um? Wo ist ihr Motiv?»

«Sie war eben verrückt», antwortete van Appeldorn harsch. «Das hat uns doch jeder Zweite erklärt, verrückt und pädophil.»

Schnittges schnaubte. «Diese Aussage von Herta van

Beek macht doch überhaupt keinen Sinn. Laut Lettie hat sie ihre drei kleinen Jungen häufig bei Sabine Maas übernachten lassen. Welche Mutter würde ihre Kinder freiwillig in die Obhut einer pädophilen Frau geben? Das ist doch bekloppt.»

«Ein pädophiler Mörder ist doch sowieso Quatsch», bemerkte Cox. «In der Regel bringen Päderasten keine Kinder um. Bernie hat recht, die Sache mit der Pädophilie ist an den Haaren herbeigezogen.»

«Das scheint mir auch so», stimmte Penny zu. «Die Frage ist nur, warum wurde das ins Spiel gebracht?»

Alle schwiegen.

Dann murmelte Schnittges etwas und schlug sich gegen die Stirn. «Es springt einen quasi an. Schaut doch mal hin.» Er zeigte auf die Tafel. «Wer waren die Zeugen, die im Prozess gegen Sabine Maas ausgesagt haben? Goossens, Küppers und van Beek. Wer waren die Männer, die Kevins Leiche gefunden haben? Goossens, Küppers, van Beek und Pitz. Und wer hat exakt zur Tatzeit auf dem Rapsfeld auf Tauben geschossen? So viel Zufall gibt es nicht. Ich jedenfalls glaube nicht daran.»

«Du meinst, es war ein ‹offenes Versteck›?», fragte Cox gespannt. «Einer von denen hat scharf geschossen? Aber dann müssen die anderen drei ihn decken.»

«Ist doch möglich, ist durchaus möglich. Und noch etwas: Wer konnte eigentlich wissen, dass Finkensieper zu ‹Ophey› zum Essen wollte? Van Beek, würde ich meinen. Und damit wussten es auch seine drei Busenfreunde, die jeden Abend bei ihm an der Theke stehen.»

«Aber deren Waffen sind alle untersucht worden», gab van Appeldorn zu bedenken.

«Ja, die registrierten», sagte Ackermann düster.

Wieder blieb es kurz still.

Schließlich ergriff Toppe das Wort. «Sabine ist 1979 vergewaltigt worden.» Er biss sich auf die Lippen. «Und wenn ich die Notiz des Anwalts richtig deute, hat sie die Vergewaltigung nicht angezeigt.»

«Vermutlich aus Scham», nickte Penny. «Wie das ja leider so oft ist.»

«Und vermutlich ist der Vergewaltiger Sebastians Vater», fuhr Toppe fort. «Sie hat sich über ihn ausgeschwiegen, weil sie sich geschämt hat. Ich stoße mich an Boskamps Begründung, warum Sabine die Vergewaltigung im Prozess nicht erwähnen soll. ‹Das könnte gerade unter den jetzigen besonderen Umständen als Schutzbehauptung verstanden und gegen sie verwendet werden.›»

Ackermann schaltete sofort. «Dat is' et doch!», rief er. «Einer von den drei Zeugen muss der Vater sein!»

«O Gott!» Penny brach der Schweiß aus. «Dennis Pitz, ich habe mich die ganze Zeit gefragt, an wen er mich erinnert. Er hat rotes Haar, sehr blaue Augen und Sommersprossen.»

«Du meinst, Adolf Pitz könnte Sebastians Vater sein?», fragte Schnittges ungläubig.

«Und der hat den Löffel abgegeben», konstatierte Ackermann.

«Dann lasst uns mal Nägel mit Köpfen machen.» Van Appeldorn klang hellwach. «Peter, kannst du herausfinden, wo die Kinder vom Baggerloch heute stecken? Die knöpfen wir uns dann morgen früh als Erste vor.»

«Gut», sagte Toppe. «Und schick van Gemmern nach Düsseldorf in Finkensiepers Wohnung. Er soll dort das Unterste zuoberst kehren. Irgendwo müssen die Unterlagen über seine Erbschaft und die anderen Papiere sein.»

«Wenn Finkensieper ein Wiederaufnahmeverfahren anstrengen wollte, muss er mit seinen Überlegungen und Nachforschungen weiter gewesen sein als wir jetzt», meinte Cox. «Das wird er sich wahrscheinlich auch irgendwo notiert haben.»

«Ja, auf seinem Laptop», knurrte Schnittges. «Den, wenn wir richtigliegen, vermutlich van Beek hat verschwinden lassen.»

Van Appeldorn rieb sich die Hände. «Dann sollten wir uns in den Häusern der vier Herren einmal gründlich umsehen.»

**Zwanzig** *Ich kriege ein Kind.*

*Aber ich kann nicht darüber nachdenken.*

*Weihnachten steht vor der Tür. Wieder mal, das vierte Weihnachten ohne meine Eltern, ohne Familie. Wie habe ich diese Tage in den letzten Jahren bloß hinter mich gebracht? Na ja, die ersten Male bekifft, und letztes Jahr habe ich es einfach ignoriert. Was schwer war.*

*Aber heute hat Karen angerufen. Sie und Stefan haben eine Woche frei, müssen erst Silvester wieder arbeiten. Und sie wollen Heiligabend und den ersten Feiertag bei mir auf dem Hof verbringen! Ich freue mich so.*

*Ich habe sofort einen Tannenbaum gekauft und den Christbaumschmuck vom Söller geholt. Er ist völlig verstaubt, denn in der WG haben wir selbstverständlich kein traditionelles Weihnachten gefeiert. Aber das ist mir jetzt schnurz. Ich freue mich einfach.*

*Ich kriege ein Kind, Ende Juli wohl.*

*Zuerst habe ich gedacht, ich müsste sterben.*

*Und jetzt?*

*Ich kriege ein Kind, mein Kind. Ein Kind ist wunderbar.*

*Es bewegt sich noch nicht, ich kann es noch nicht spüren, aber es wächst in mir, und es ist meins, mein Kind.*

*Was ich Karen, Renate und den anderen aus der Gruppe erzählen soll, weiß ich noch nicht.*

*Es ist auch egal. Da sind das Kind und ich. Nur wir beide.*

*Zum Frauenarzt traue ich mich nicht.*

*Es gibt ja keinen Vater.*

*Aber ich habe mir beim Lesering Bücher bestellt und kaufe regelmäßig «Eltern». Ich lese und lerne alles, was ich wissen muss.*

*Und ich bin gesund und stark und achte auf meine Ernährung. Manchmal habe ich wegen der Tiere Angst vor Toxoplasmose, darüber habe ich so einiges gelesen. Aber dann denke ich wieder, wer hat sich denn früher um so was gekümmert? Auf allen Bauernhöfen wurden gesunde Kinder geboren.*

*Es macht mir so viel Freude, für das Kind einzukaufen. Wie gut, dass ich mein Auskommen habe. Richtig große Sprünge kann ich nicht machen, aber für mich und mein Kind reicht es allemal. Es wird gut versorgt sein.*

*Ich gehe viel spazieren. Und jetzt, wo man es schon gut sehen kann, wandere ich mit meinem dicken Bauch stolz durchs Dorf. Lache nur über das Gezischel: «Hat es nicht besser verdient, die Hure.» «Gut, dass die armen Eltern das nicht mehr erleben müssen.» Aber wenn ich dann wieder zu Hause bin, muss ich doch manchmal weinen, vor allem auch, weil Tante Maria sich in all den Monaten nicht gemeldet hat. Dabei weiß sie es bestimmt.*

*Jetzt muss das Kind jeden Tag kommen.*

*Keiner fragt, keiner spricht mich an.*

*Na ja, Renate hat angeboten, bei der Geburt dabei zu sein.*

*Aber ich brauche keinen. Das schaffen wir ganz alleine, mein Kind und ich. Wenn die Wehen alle halbe Stunde kommen, fahre ich mit Papas Mercedes ins Krankenhaus.*

*Ich habe einen Sohn!*

*Sebastian ist da, gesund und kräftig.*

*Mein Sohn.*

*Ich werde alles dafür tun, dass dein Leben schön wird, mein Kleiner. Du und ich zusammen, wir schaffen alles.*

*Es ist einfach wundervoll, nicht mehr allein zu sein.*

**Einundzwanzig** «Die Liste mit Finkensiepers Handyanrufen ist endlich gekommen», berichtete Cox.

Neue Erkenntnisse hatte sie nicht gebracht. Ein paar Telefonate mit seinen Eltern und den Brüdern Wehmeyer, der Staatsanwaltschaft in Kleve, dem Anwalt in Goch, der Boskamps Kanzlei übernommen hatte, und zwei Gespräche mit seiner Bank.

«Besonders viele Kontakte hatte der Junge wohl nicht.»

In diesem Moment kam Ackermann ins Büro geschlurft. «Ich weiß, ich bin spät dran. Aber ich hab die halbe Nacht kein Auge zugetan.»

Schnittges goss Kaffee ein und reichte ihm einen Becher.

«Danke, den kann ich brauchen.» Ackermann ließ sich auf einen Stuhl fallen. «Ich hab im Kopp alles Mögliche durchgespielt, un' nix davon war schön. Wir müssen unbedingt rauskriegen, wat damals wirklich abgegangen is'. Wo steckt denn Helmut?»

«Der hat anderweitig zu tun, meldet sich aber später. Die Kinder vom Baggerloch habe ich ausfindig gemacht», nahm Cox seinen Faden wieder auf.

Jörg Goossens, der ältere Sohn, war Manager bei einer

Versicherungsgesellschaft in London, die van-Beek-Zwillinge betrieben ein Fitness-Center in Hamburg, und ihr jüngerer Bruder Andreas lebte in Amsterdam. «Eine Adresse konnte mir seine Mutter nicht geben. Sie hat sich sehr bedeckt gehalten. Ich vermute, der Sohn treibt sich in der Halbwelt herum, Drogenszene vielleicht.»

Er schaute in angespannte Gesichter. «So, wie es aussieht, können wir kurzfristig nur zwei befragen, nämlich Dennis Pitz, der noch bis Dienstag in Kessel bleibt. Er ist übrigens Verwaltungsbeamter in Recklinghausen. Und Heiko Goossens. Der ist Arzt und arbeitet in der Urologie im Klever Krankenhaus.»

Das Telefon klingelte. «Sekunde.»

Es war van Gemmern. «Bleib mal kurz dran», sagte Cox. «Das ist Klaus. Er will jetzt nach Düsseldorf und sich Finkensiepers Wohnung vornehmen. Einer von euch soll mit.»

Ackermann hob den Zeigefinger. «Ich mach' dat schon.»


«Dennis ist hinten im Garten und gräbt für mich ein paar Beete um. Aber ich verstehe, ehrlich gestanden, nicht, warum Sie mit ihm sprechen wollen.» Christa Pitz runzelte verstört die Stirn. «Was könnte er Ihnen denn über Sebastians Tod sagen? Er war ja nicht einmal hier.»

Es fiel Penny nicht leicht. «Im Moment geht es nicht um Sebastian Finkensieper, sondern um den Mord an Ihrem Sohn.»

«O Gott!», wimmerte sie. Dann wurde ihr Gesicht ausdruckslos. «Setzen Sie sich bitte, ich hole ihn.»

Die Ähnlichkeit mit Finkensieper war nicht zu übersehen, aber Dennis Pitz war gröber gebaut, bewegte sich linkisch, ein Mann, der über seine eigenen Füße stolperte.

In seinen Augen stand Panik, als er Penny gegenüber in einem Sessel Platz nahm.

«Es ist bestimmt nicht leicht», begann sie, «aber ich möchte mit Ihnen über den Tag sprechen, an dem Ihr Bruder starb.»

Pitz schüttelte stumm den Kopf.

«Sie waren doch mit ihm und ein paar anderen Jungen am See, zusammen mit Sabine Maas. Können Sie mir sagen ...»

Er stieß ein Heulen aus, schlug die Hände vors Gesicht.

«Ich kann nicht», flüsterte er, «ich kann nicht.»

Seine Mutter kam herein.

«Bitte lassen Sie meinen Sohn in Ruhe.» Sie war gefasst. «Dennis hatte damals einen schweren Schock. Er hat nie darüber gesprochen. Er konnte es nicht. Verstehen Sie das? Er konnte es einfach nicht. Und der Arzt hat uns geraten, nicht daran zu rühren.»

«Sie haben Glück, ich stehe heute nicht auf dem OP-Plan.»

Heiko Goossens hatte van Appeldorn und Schnittges in die Cafeteria mitgenommen. Er fragte nicht viel, schien gern zu plaudern, war offen und freundlich, für van Appeldorns Geschmack ein bisschen zu sonnig.

«Na, sicher kann ich mich an Sabine erinnern, die war toll. Die hat richtig mit uns gespielt, so als wäre sie selbst noch ein Kind. Wir hatten immer eine Menge Spaß mit ihr.»

«Hat Sabine Maas nackt mit Ihnen gebadet?», fragte van Appeldorn, «oder hat sie …»

«… an uns rumgefummelt?» Goossens lachte verhalten. «Ja, dieser Quatsch ist später auch mir zu Ohren gekommen. Sabine soll pädophil gewesen sein. Das ist völliger Schwachsinn. Ich wüsste gern, welches kranke Hirn sich das ausgedacht hat.» Sein Lächeln galt der Vergangenheit. «Sabine hatte im Garten einen Pool und eine Dusche. Klar sind wir nackt rumgehüpft, wenn's heiß war. Wir waren doch kleine Kinder. Aber …» Er überlegte. «Sabine war nie nackt, ich jedenfalls hab sie nur im Badeanzug oder im Bikini gesehen. Und selbst wenn sie nackt gewesen wäre, hätte sich niemand etwas Perverses dabei gedacht. So war sie nicht, Mensch.»

«Können Sie sich noch an den 12. August 1983 erinnern?», fragte Schnittges. «An den Tag, an dem Kevin Pitz ermordet wurde.»

Goossens huschte ein Schatten übers Gesicht.

«O ja», sagte er. «Als wäre es gestern gewesen. Komisch, eigentlich, aber, na ja.»

«Würden Sie uns diesen Tag schildern, so detailliert wie irgend möglich.»

«Ich will es gern versuchen.» Er machte die Augen zu.

«Wir haben zu Hause Mittag gegessen, und danach wollten mein Bruder und ich zu Sabine und Sebastian. Es waren Ferien, und bei Maasens war's schön, irgendwas hat Sabine sich immer ausgedacht. Einmal haben wir einen Hindernisparcours für ihre Hündin aufgebaut, Hürden und so, das weiß ich noch gut. Und die Matschkuhle, was haben wir uns eingeferkelt! Aber immer alles abgeduscht, bevor wir nach Hause mussten. Unsere Eltern wären ihr sonst bestimmt aufs Dach gestiegen. An dem Tag? Ja, da haben wir auf dem Weg die anderen getroffen, Kevin, Dennis, Alex, Simon und Andreas. Bei Sabine haben wir dann im Garten gespielt, hinten auf der Obstwiese. Das war für mich so eine Art Paradies. Aber an dem Tag haben wir uns dauernd in die Wolle gekriegt, weil alle gleichzeitig ins Planschbecken wollten. Sabine schlug vor, wir sollten lieber zum Baggerloch gehen, da hätten wir mehr Platz. Und das haben wir dann auch gemacht. Da haben wir geplanscht und gesungen und Melonen gegessen. Und ich weiß noch, Sabine hat Dennis einen Perlenzopf in sein Haar gemacht. Das war komisch, weil der das sonst eigentlich nicht leiden konnte. Irgendwann musste Sabine dann nach Hause und hat uns mitgenommen, weil sie nicht wollte, dass uns was passiert. Dennis und Kevin hatten Schiss, heimzugehen. Die hatten nämlich Hausarrest gehabt und waren einfach ausgebüxt. Wenn ihr Alter sie erwischt hätte, hätte es ordentlich Senge gegeben. Der hat denen nichts durchgehen lassen. Um Punkt halb sieben gab es bei denen immer Abendessen.

Bei meinem Bruder und mir war das egal, da gab's keine festen Essenszeiten. In den Sommerferien durften wir bis neun draußen bleiben. Na ja, an dem Abend haben wir vier uns dann unsere Räder geschnappt und sind nochmal zu Sabine. Sie hat ihren Kleinen zu uns rausgeschickt, wir sollten ein bisschen auf ihn aufpassen. Wir sind dann wieder zum See runter und haben im Wasser rumgetobt wie die Verrückten. Aber mir war dann auf einmal kalt, und ich bekam auch Hunger, deshalb bin ich abgehauen, nach Hause.»

«Die anderen sind noch geblieben?»

«Ja.»

«Und wo war Sabine Maas?»

«Die war bei sich zu Hause und hat Brot gebacken. Roch lecker, als ich an ihrem Küchenfenster vorbeiradelte.»

«Haben Sie andere Erwachsene in der Nähe des Sees gesehen?»

«Nein, das war damals anders. Die Leute aus dem Dorf gingen nicht einfach so schwimmen. Meine Eltern jedenfalls nicht, die hatten immer zu viel Arbeit.» Er hielt inne. «Es würde mich schon interessieren, warum Sie das alles wissen wollen, aber vermutlich werden Sie es mir nicht sagen, oder?»

Van Appeldorn schüttelte den Kopf. «Laufende Ermittlungen. Aber wie ist es dann weitergegangen an jenem Abend?»

«Ich weiß nicht, ob ich das noch zusammenkriege.» Zum ersten Mal wirkte Heiko Goossens ein wenig

219

unsicher. «Es war einfach ein furchtbares Durcheinander. Meine Mutter hat mich unter die Dusche gestellt, dann kam mein Bruder nach Hause und hat auch geduscht. Irgendwann kamen Pitz und noch einer, die sind dann mit meinem Vater weg. Meine Mutter hatte das Essen fertig, Grießbrei mit Himbeersirup. Dann kam mein Vater wieder und sagte, Kevin wär tot, und Sabine hätte das getan. Es war furchtbar.»

Ackermann war tausend Tode gestorben. Er hatte keine Ahnung gehabt, dass van Gemmern so ein grotten-schlechter Autofahrer war. Entweder zuckelte er im Schneckentempo vor sich hin, oder er fuhr mit Über-schallgeschwindigkeit, er überholte in den unmöglichs-ten Situationen, meist ohne vorher in den Rückspiegel zu schauen, und es hatte zwanzig Minuten gedauert, bis sie in der Nähe von Finkensiepers Wohnung eine Park-lücke gefunden hatten, die ihm groß genug erschienen war.

«Groß genug für 'n Trecker mit Anhänger», dachte Ackermann und schloss die Wohnungstür auf.

«Wir suchen also die Papiere.»

«Nichts Genaues weiß man nicht …», feixte van Gem-mern. Er war heute ausnehmend gut gelaunt, was man daran merkte, dass er unablässig Hendrix-Songs vor sich hin brummelte: ‹… and so castles made of sand …›

Rasch verschaffte er sich einen Überblick. «Kümmere dich um den Schreibtisch, ich übernehme das Schlaf-zimmer.»

«Jawoll!» Ackermann schlug die Hacken zusammen. «Soll ich auch gucken, ob et hier irgendwo lose Fußbodenbretter gibt?»

«Sicher.»

Schon beim ersten Blick auf den Schreibtisch wusste Ackermann, dass er die Akten hier nicht finden würde. Da lagen nur in dünnen Pappordnern abgeheftete Papiere, sauber sortiert, genau wie van Appeldorn gesagt hatte.

Er hörte van Gemmern einen leisen Pfiff ausstoßen. «Was haben wir denn hier für einen kleinen Racker?»

Ackermann lief ins Schlafzimmer.

Van Gemmern hatte die Glasschüssel mit den bunten Feuerzeugen vom Vertiko genommen und auf der Bettdecke ausgeleert. Er hielt einen flachen blauen Gegenstand, kleiner als die meisten Feuerzeuge, zwischen den Fingern.

«Is' dat eins von den Dingern, auf denen man Tausende von Daten speichern kann?»

«Ein USB-Stick, genau.» Van Gemmern lächelte fast. «Offene Verstecke sind doch immer noch die besten.»

«Scheinen schwer in Mode zu sein», murmelte Ackermann grimmig. «Wenn man jetz' bloß 'n Laptop dabeihätt'.»

«Hat man doch.» Van Gemmern ging in den Flur, wo er seine Sachen abgestellt hatte, zog das Gerät aus der Tasche und stöpselte es gleich dort ein. «Dann wollen wir mal sehen.»

Ackermann kniete sich neben ihn. «Lass mich mitgucken.»

«Prozessakte, da ist sie ja. Hier ist auch eine Datei ‹Boskamp›, eine heißt ‹Erbschaft›, alles da.»

«Lass uns doch ma' kurz die Dateien aufmachen.»

«Nein, das ist Peters Aufgabe.» Van Gemmern fuhr das Gerät herunter. «Mir fehlt dazu wirklich die Zeit.»

«Warte ma', warte ma', da steht ‹Schließfach›. Mach wenigstens die ma' auf.»

Van Gemmern gab sich geschlagen. «Okay, hier hast du es: Finkensieper hat offensichtlich am 5. April dieses Jahres bei der Deutschen Bank Düsseldorf, Filiale Elisabethstraße, ein Schließfach angemietet. Hier steht auch die Nummer.»

«Ein Schließfach, dat is' et!» Ackermann strahlte. «Am 5. April, dat war dat erste Mal, wo er sich 'n halben Tag freigenommen hat. Ich könnt' wetten, dat wir in dem Fach die Papiere von der Erbschaft finden und wer weiß, wat sons' noch.»

«Das hilft uns nur heute überhaupt nichts, es ist Samstag.»

«Weiß ich doch. Lass mich ma' eben Peter anrufen. Der wird schon einen finden, der uns die Bank aufschließt.»

«Jupp, darauf kann ich nicht warten. Ich muss zurück, die brauchen mich bei den Hausdurchsuchungen.» Van Gemmern machte eine skeptische Pause. «Falls Toppe es geschafft hat, einem Richter die Durchsuchungsbeschlüsse aus den Rippen zu leiern. Könnte schwierig sein, diese Maßnahme zu begründen.»

«Ach wat, kommt immer drauf an, wen man grad

erwischt. Vielleicht hat er Glück gehabt, un' et war Knickrehm. Jedenfalls, wenn wir tatsächlich heut noch an dat Schließfach können, fahr ich zur Not eben noch ma' los, is' ja bloß 'n Stündken von Kleve bis hier.»

«Ja, Pit, Jupp hier. Hör ma' …»

Cox versprach, sein Bestes zu tun.

Ackermann überlegte. «Wenn der Sebastian die Akten hier auf dem Stick hat, dann muss er se wohl innen Laptop eingescannt haben.»

«Logisch.»

«Also war er auf jeden Fall nochma' hier in Düsseldorf, und zwar zwischen Donnerstag und Samstagabend. Un' vielleicht hat er da auch die Kopien von der Prozessakte in 't Schließfach getan.»

«Wenn du es sagst.»

Sie schauten sich noch weitere zwanzig Minuten gründlich in der Wohnung um, konnten aber nichts Wichtiges mehr entdecken.

«Du, hör ma', Klaus», meinte Ackermann beiläufig, als sie die Treppe hinunterliefen, «wenn du keine Lust has' oder zu müd' bis', ich fahr' gerne.»

Van Gemmern beäugte ihn argwöhnisch, gab ihm aber seine Autoschlüssel. «Bitte, ich reiße mich nicht darum.»

«Ich will heute noch einmal zu von Rath», erzählte er, als sie wieder auf der Autobahn waren.

«Zu Guntram? Ich dacht', du wärs' durch mit den Knarren.»

«Wir haben am Tatort so ein kleines graues Ding

gefunden, von dem ich zuerst dachte, es könnte sich um einen Dübel handeln. Ist aber nicht so. Und jetzt habe ich auf einmal so eine ganz dunkle Erinnerung. Da war mal was in Amerika, vor dreißig, vierzig Jahren …»

«In Amerika? Vor dreißig, vierzig Jahren? Na, wenn du meins'. Ich persönlich geb' ja viel auf Ahnungen.»

# Zweiundzwanzig
*Sebastian ist ein kleines Wunder, so zufrieden, so fröhlich.*

*Am Anfang war er so einsam in seinem Bettchen, da habe ich ihn einfach mit in mein Bett genommen, das war für uns beide schön. Aber jetzt ist er schon fast ein Jahr alt, ich stille ihn nicht mehr, und es wird Zeit, dass er in einem eigenen Bett in seinem eigenen Zimmer schläft. Ich will nicht, dass er ein hilfloses Muttersöhnchen wird.*

*Wir gehen schon lange regelmäßig zum Babyschwimmen. Basti liebt Wasser, er paddelt munter herum wie ein kleiner Hund. Es ist wichtig, dass er früh schwimmen lernt, damit ihm nichts passiert, wo wir doch so nah am Baggerloch wohnen.*

*Aber zu einer von diesen Krabbelgruppen, die es überall gibt, gehe ich nicht. Ich glaube, da geht es gar nicht um die Kinder, sondern darum, dass die Mütter mal so richtig tratschen können. Und das kann ich wirklich nicht gebrauchen.*

*Mein Sohn hatte von seinem ersten Lebenstag an viel Abwechslung, denn ich nehme ihn ja überallhin mit, zum Einkaufen, zu den Gruppentreffen, aber auch beim Melken, Stallausmisten und bei der Arbeit im Garten ist er dabei. Und er ist immer so süß und brav, guckt sich alles genau an, und irgendwann steckt er den Daumen in den Mund und schläft ein.*

*Sebastian liebt Tiere, aber er mag auch Menschen. Jetzt ist er schon zwei Jahre alt, und am allermeisten mag er andere Kinder. Die ganze kleine Bagage aus dem Dorf kommt zu uns, jetzt im Sommer fast jeden Tag. Wir haben das große Planschbecken im Obsthof, eine Schaukel, ich habe einen Sandkasten gebaut und eine Matschecke angelegt. Da sind die Wiesen zum Rennen, und da ist der Garten, wo wir zusammen pflanzen und ernten, da sind die Tiere. Wenn es regnet, nehme ich sie alle mit in die Küche und backe Brot, Kuchen und Plätzchen mit ihnen zusammen. Oder ich flechte ihnen bunte Perlenschnüre in die Haare und schminke ihnen lustige Tiergesichter. Wenn es heiß ist, nehme ich sie alle mit zum Baggersee und gebe ihnen gesundes Obst und Gemüse aus meinem Garten zu essen.*

*Kinder sind wunderbar. Man kann mit ihnen toben, und man kann ganz leise mit ihnen sein, vor allem kann man mit ihnen schmusen.*

*Im Dorf hat sich für mich nicht viel geändert.*

*Ich weiß, dass die Alten mich heimlich «Kinderhex» nennen. Weil die Kleinen sich so wohl bei uns fühlen, dass sie oft gar nicht nach Hause wollen.*

*Die jungen Mütter lächeln falsch. Sie verachten mich, aber sie sind trotzdem froh, dass ich ihnen ihre Kinder abnehme und sie Zeit für sich selbst haben.*

*Kostenloser Babysitter, Kinderhexe, es ist mir egal.*

*Die Kleinen sind so gerne bei uns, und Basti und ich haben Spaß daran.*

*Was war ich nicht schon alles in diesem Dorf! Erst ein bra-*

ves Mädchen, plötzlich ein tragischer Fall, um den man sich kümmern muss. Dann wollte man mich vergasen, hat mich Kommunistin geschimpft. Und Nutte. Eine, die es nicht besser verdient hat.

Jetzt eine Hexe, die die Kinder betört.

Vielleicht eine Gefahr? Denn Sebastian sieht nicht mir ähnlich.

**Dreiundzwanzig** Ein Laptop, eine Brieftasche, ein Hausschlüssel, Ausweispapiere, Kreditkarten, den Schlüssel zu einem Schließfach, möglicherweise Akten – das waren die Dinge, nach denen sie suchten. Wie groß war die Wahrscheinlichkeit, dass sie etwas fanden? In Häusern, die sie nicht kannten, in denen es eine Menge geheimer Verstecke geben konnte.

Penny war froh, dass Ackermann die Durchsuchung von Pitz' Anwesen übernommen hatte. Es wäre ihr schwergefallen, Christa Pitz schon wieder zu quälen.

Stattdessen stand sie hier in Hans-Jürgen Küppers' Diele und wartete darauf, dass dem Mann endlich die Puste ausging.

Mit einem «Ich bestehe darauf, dass mein Anwalt dabei ist» beendete er die Tirade.

«Sie können Ihren Anwalt gern verständigen, Herr Küppers.» Penny musterte ihn kühl. «Aber wir haben einen richterlichen Durchsuchungsbeschluss, und das bedeutet, dass wir nicht auf ihn warten müssen. Lesen Sie sich das ruhig noch einmal durch.» Sie zeigte auf das Papier, das Küppers zwischen seinen Fingern zerknitterte, und machte den beiden Frauen von der Spurensicherung, die hinter ihr gewartet hatten, ein Zeichen.

«Fangen Sie bitte im oberen Stockwerk an.»

«Auch den Dachboden?»

«O ja, jeden Winkel. Ich sehe mich hier unten um, danach nehmen wir uns die Nebengebäude vor.»

«Warum sind Sie eigentlich so wütend?», wandte sie sich wieder Küppers zu.

«Hätten Sie es vielleicht gerne, wenn fremde Leute in Ihren intimsten Sachen herumschnüffeln würden? Und überhaupt, was soll das heißen: ‹berechtigter Verdacht› und ‹im Zusammenhang mit dem Mordfall Finkensieper›?»

«Das werden Sie schon noch erfahren. Und jetzt lassen Sie mich bitte vorbei.»

Küppers hob die geballten Fäuste, Penny starrte ihm in die Augen.

«Das wird ein Nachspiel haben!», presste er hervor.

«Ja, ja», murmelte sie, «und Sie werden sich bei meinem Vorgesetzten beschweren, ich weiß.»

Das Haus der van Beeks war genauso lieblos eingerichtet wie ihre Fremdenzimmer, nur war es wesentlich schmuddeliger.

Und das ist noch freundlich ausgedrückt, dachte Bernie.

Manfred van Beeks Gesicht spiegelte tiefste Verwirrung. «Wieso denn durchsuchen? Mein Haus? Ich habe doch nichts gemacht.»

Schnittges winkte die ED-Leute heran. «Diese Tür führt in die Kneipe. Fangt dort an, und nehmt euch dann die Gästezimmer vor. Ich schaue mich erst einmal hier um.»

«Aber ich habe doch nichts getan», leierte van Beek.

«Wo ist Ihre Frau?»

«Oben, sie schläft. Sie hat heute einen schlechten Tag, Rheuma, Sie wissen schon.»

«Dann wecken Sie sie, bitte.»

Van Beek straffte die Schultern. «Das mach ich nicht. Es geht ihr nicht gut.»

«In Ordnung, dann wecke ich sie eben.»

Mit drei Sätzen war Schnittges die Treppe hinaufgelaufen. Wenn man ihn nicht ins Schlafzimmer lassen wollte, würde er sich dort besonders gründlich umsehen.

Er öffnete die Tür zu seiner Rechten. Ein Jugendzimmer mit Stockbett, fleckige Matratzen, knubbelige rote Plumeaus, angelaufene Fußballpokale. Die Fensterscheiben blind, und es lag so viel Staub in der Luft, dass er niesen musste.

Er stieß die gegenüberliegende Tür auf und wich erst einmal zurück, so stark war der Alkoholdunst, der ihm entgegenschlug. Im Zimmer war es stockfinster. Er fand den Lichtschalter. Herta van Beek lag auf dem Rücken, den linken Arm weit ausgestreckt. Sie war nackt.

Schnittges kniff die Augen zusammen, griff nach der Bettdecke, die auf den Boden gerutscht war, und warf sie über die Frau. Dann zog er die Rollos hoch und öffnete das Fenster.

«Frau van Beek?»

Sie rührte sich nicht.

«Muss wohl das Rheuma sein», knurrte er und ging wieder hinunter, wo van Beek immer noch wie benommen dastand, dann aber rasch seine zitternden Hände in den Hosentaschen verschwinden ließ.

«Am besten, Sie trinken erst mal ein paar Schnäpse», sagte Bernie. «Und dann holen Sie bitte Ihre Frau aus dem Bett. Ich will Ihr Schlafzimmer durchsuchen.»

Cox war es tatsächlich gelungen, den Filialleiter der Deutschen Bank in der Elisabethstraße aufzutreiben.

«Mehr Glück als Vaterlandsliebé», freute er sich. Der Mann war zwar nicht gerade begeistert gewesen, hatte sich aber bereit erklärt, sich um 18 Uhr an seiner Arbeitsstelle mit einem Kripobeamten zu treffen. Er bestand allerdings auf einer richterlichen Anordnung, wenn er das Schließfach öffnen und dessen Inhalt herausgeben sollte.

Das hatte Cox dann noch einmal ein wenig ins Schleudern gebracht, aber schließlich war auch dieses Problem gelöst.

Er rief Ackermann auf seinem Handy an.

«Um sechs, sagst du? Dat schaff' ich locker, verlass dich drauf. Die Jungs hier kommen auch alleine zurecht.»

So, jetzt hatte er endlich Zeit.

Ihm lief eine Gänsehaut über die Arme, als er Finkensiepers USB-Stick in den PC steckte.

Da waren sie, die eingescannten Prozessakten und auch die Anwaltsakte.

Die Papiere über seine Erbschaft von einem Krefelder Notar.

Die Nummer des Schließfachs.

Die Daten, die Finkensieper aus dem Taufregister von St. Stephanus abgeschrieben hatte.

Ein Brief an ein Labor mit dem Auftrag, eine DNA-Analyse durchzuführen, und das Antwortschreiben des Labors, dass die Blutprobe von Sebastian Finkensieper (geb. 26. Juni 1980) am 4. April 2007 eingegangen war und dass es circa vier Wochen dauern würde, bis ein Ergebnis vorläge.

Cox schaute auf das Datum: 4. April. Also bevor Sebastian nach Kessel gekommen war. Er hatte sich tatsächlich auf die Suche nach seinem leiblichen Vater machen wollen.

Dann eine Datei «Nachf.1»:

«Das Alter bezieht sich auf den September 1979:
Kurt Goossens (46 J.) – damals Ortsvorsteher
Manfred van Beek (32 J.) – Kneipier
Hans-Jürgen Küppers (38 J.) – Sabines Chef
?? Adolf Pitz (41 J.) – Sabines Lehrer ??»

Mehr Zeit für Nachforschungen war ihm wohl nicht geblieben. Am Montag hatte er in den Prozessakten die Namen der Männer gefunden, die als Zeugen gegen Sabine ausgesagt hatten, und festgestellt, dass das Verfahren eine Farce gewesen war. Und erst am Donnerstag vor seinem Tod hatte er von der Vergewaltigung erfahren.

«Am 23. April Wiederaufnahme beantragen.»

Sebastian hatte allerdings wohl noch genug Zeit gehabt, die drei (oder vier) Männer über diesen Plan in Kenntnis zu setzen.

Konnte er wirklich so unvorsichtig gewesen sein?

Und seine letzte Notiz:

«Sabine: WG Mitte der 70er (Quelle: Reiterhof, Sabines Nachbarn zur Linken)
– bestätigen lassen
– Mitbewohner finden
– Anti-AKW-Zentrale (?); Mitglieder aufsuchen

– Kinder (Pitz, Goossens, van Beek, Küppers) aufsuchen: Taucherspiel?»

# Vierundzwanzig   *Ich sitze im Gefängnis!*

*Und ich habe solche Angst um Sebastian. Ich weiß nicht, was sie mit ihm tun. Wer kümmert sich um ihn? Er versteht doch gar nicht, was los ist, warum ich nicht bei ihm bin. Ich bin doch immer bei ihm.*

*Ich werde verrückt. Sie sollen mich zu meinem Kind lassen! Er braucht mich doch, und er hat bestimmt furchtbare Angst.*

*Untersuchungshaft, sagen sie. Man hat mir alles weggenommen.*

*Ich begreife nicht, dass sie das wirklich mit mir tun. Es kann einfach nicht sein. Sie können meinem Kind doch die Mutter nicht wegnehmen. Und ich habe doch nichts getan!*

*Der Tag heute, unerträglich heiß. Bastian und ich saßen schon morgens um zehn im Planschbecken, um uns abzukühlen.*

*Bald kam dann auch die kleine Bagage aus dem Dorf, heute auch ein paar von den Älteren, Jörg, Dennis und Heiko. Es sind ja Sommerferien.*

*Das Planschbecken war zu klein für alle und das Wasser zu warm, deshalb habe ich sie mir geschnappt, die drei Großen, meinen Sohn, Simon und Alexander – die «Zwingellinge», wie Sebastian sie nennt –, Kevin und den kleinen Andreas und bin mit ihnen zum Baggersee.*

*Weil die Kleinen wegen der Hitze so überdreht und unleid-*

lich waren und ich sie beruhigen wollte, hatte ich meine Perlen und Flechtschnur und das Schminkzeug mitgenommen, alles zusammen mit zwei Flaschen Wasser und einer Dose mit Melonenstücken in eine große Plastiktüte gepackt.

Am See haben die Kinder eine Weile herumgetobt, wurden dann aber schnell ruhiger, es war schön schattig. Wir haben Melone gegessen, ich habe Perlenzöpfe geflochten, und sogar der zehnjährige Jörg, der sonst immer so cool ist, wollte unbedingt geschminkt werden. Gesungen haben wir auch: «Drei Chinesen» und «Eine Seefahrt». Und furchtbar viel gelacht.

Aber irgendwann wurde es Zeit. Ich hatte einen Starter für mein Brot angesetzt und musste schleunigst nach Hause. In der Eile habe ich wohl meine Sachen vergessen, aber das ist mir nicht aufgefallen.

Da habe ich sie alle eingesammelt, und sie sind brav ins Dorf gelaufen.

Ich bin mit Bastian ins Haus, um mich um den Brotteig zu kümmern, aber mein Kleiner hatte keine Lust zu helfen, es war einfach zu heiß für ihn in der Küche.

Draußen flitzten die anderen Kleinen inzwischen auf ihren Rädchen herum, und Sebastian kniete auf einem Stuhl, guckte durchs Fenster nach draußen und quengelte.

Und da hab ich mir gedacht: Was soll schon passieren? Habe Bastis Dreirad vors Haus geschoben und gesagt: «Düs los, Süßer!», und gedacht: In zehn Minuten sammele ich dich wieder ein.

Aber dann hörte ich Flora brüllen. Sie steckte im Morast auf der hinteren Weide fest, eins von den Kindern hatte wohl das Gatter offen gelassen.

*Und als ich unsere Kuh endlich wieder beim Haus hatte, kommt Basti vom Baggerloch her angestolpert, ohne sein Dreirad und vollkommen verstört.*

*«Wo ist dein Rädchen?» «Weiß nicht.» «Wo sind die anderen Kinder?» «Weiß nicht.»*

*Und er zittert und friert. Bei dieser Hitze! Ich muss ihn aufwärmen.*

*Ich gehe mit ihm in die heiße Wanne, füttere ihn mit Schokopuddingsuppe, nehme ihn in mein Bett.*

*Was ist denn bloß passiert? Er sagt kein Wort. Schließlich schläft er ein.*

*Mir läuft der Schweiß in Strömen runter. Ich dusche kalt und ziehe eins von meinen indischen Kleidern an.*

*Es bollert an der Vordertür.*

*Ich mache auf.*

*Draußen stehen zwei Polizisten, der Ortsvorsteher und die drei anderen.*

*Einer der Bullen sagt, dass Kevin tot ist, der kleine Kevin, der vorgestern sechs geworden ist.*

*Sie haben ihn am Baggersee gefunden. Mit einer Plastiktüte über dem Kopf, erstickt. Mit der Plastiktüte, die ich mit zum See genommen hatte.*

*Sie sagen, meine Perlen und alles lägen noch da rum.*

*Sie sagen, es gibt am Wasser nur Fußspuren von den Kindern und mir.*

*Sie sagen, ich bin eine Mörderin.*

*Sie sagen, ich habe ein Kind umgebracht.*

**Fünfundzwanzig** «Heiko Goossens konnte sich wirklich erstaunlich gut erinnern», sagte Schnittges. «Sein Bruder Jörg ist zwei Jahre älter. Vielleicht weiß der noch mehr.»

Penny reckte sich. «Ich hätte nichts gegen eine Dienstreise nach London.»

«Als Heiko Goossens nach Hause gefahren ist, waren nur noch Jörg Goossens, Sebastian und die beiden Söhne von Pitz dort. Und du sagst, aus diesem Dennis ist nichts herauszukriegen?»

«Der ist fast durchgedreht.» Penny nickte. «Seine Mutter hat mir erklärt, es handele sich um ein Trauma, und sie könnten jederzeit ein ärztliches Attest beibringen. Mag sein, dass es wirklich so ist, aber ich weiß nicht, nach fast vierundzwanzig Jahren, irgendwie schon komisch.»

Sie waren alle ein bisschen angeschlagen.

Die Hausdurchsuchungen hatten nichts ergeben. Kurt Goossens war gar nicht zu Hause gewesen, und seine Frau hatte blaue Lippen bekommen und um Atem gerungen. Van Appeldorn war drauf und dran gewesen, den Notarzt zu rufen, aber dann hatte sie ihr Nitrospray gefunden und sich wieder erholt.

Christa Pitz hatte die Polizei ins Haus gelassen mit «'nem Gesicht wie 'ne Holzpuppe», wie Ackermann es beschrieben hatte, und war dann in ihr Auto gestiegen und weggefahren, ihr Sohn Denniş war in der Küche verschwunden, «wo er dahockte wie 'n Ölgötze».

Jetzt saßen sie hier und warteten auf Ackermann, der aus Düsseldorf angerufen hatte: «Hab dat Schließfach ausgeräumt. Die Papiere, die wir gesucht haben, sind alle da. Un' dann so 'n kleines Holzkästken, is' aber zugeschlossen.»

Pennys Magen knurrte so laut, dass alle zu ihr hinschauten. Sie verdrehte die Augen.

«Tut mir leid, aber ich habe heute nur eine Banane gegessen.»

Cox griff sofort zum Telefon. «Ich bestelle dir eine Pizza.»

«Ich habe auch Hunger», sagte Bernie, «obwohl mir eigentlich gar nicht nach Essen zumute ist.»

Van Appeldorn schaute auf die Uhr. Ulli und er hatten heute Abend grillen wollen. Sie hatte Garnelen und Tintenfisch eingekauft, und er hatte sich auf das Essen, ein kühles Bier und einen warmen Abend mit ihr gefreut. Und jetzt also wieder einmal Pizza. Die 52 für ihn, die 39 für Jupp, für Helmut, wenn er denn hier wäre, die 48, für Peter die 35, aber ohne Zwiebeln. Bei Penny und Bernie war er nicht sicher, aber er wusste, dass Penny Artischocken mochte und Bernie auf Sardellen stand.

Er musste Ulli Bescheid sagen und fischte gerade sein Handy aus der Hosentasche, als die Tür zum Büro aufgestoßen wurde. Toppe trug ein Backblech mit lauter kleinen Alupäckchen, aus denen es köstlich nach Knoblauch duftete.

Er lächelte leise. «Gebackener Schafskäse mit Paprika und Kräutern, noch heiß, dazu frisches Brot. Ich war kurz zu Hause. Mit einem schönen Gruß auch von Astrid.»

In seiner rechten Jackentasche steckten sechs Messer, in der linken klapperten die Gabeln.

Penny beeilte sich, auf ihrem Tisch Platz für das Blech zu machen. «Das muss ein Traum sein.»

Als van Gemmern eine Viertelstunde später hereinkam, hatten sie alles aufgegessen – Penny war so vorausschauend gewesen, Ackermanns Portion gleich außer Reichweite zu bringen – und fühlten sich wieder frisch.

Klaus van Gemmern war aufgeregt. Man erkannte es daran, dass ihm seine Brille bis auf die Nasenspitze gerutscht war und er es gar nicht bemerkte.

Er hielt ein kleines graues Plastikteil, das Cox schon vom Foto kannte, zwischen Daumen und Zeigefinger.

«Dies hier ist ein sogenannter Treibkäfig. Ein teuflisches kleines Ding, mit dessen Hilfe es einem gelingt, 5,6-Millimeter-Geschosse, also Kleinkalibergeschosse, aus einer großkalibrigen Waffe zu verschießen», erklärte er. «Im ursprünglichen Zustand sieht das Ding so aus.» Er hielt eine Fotografie hoch. «Ihr seht, klein, rund, kompakt. Bei unserem Fundstück hier sind die Klammern gespreizt. Und es weist Schmauchspuren auf. Das heißt ...» Gesetzte Pause. «... es ist verschossen worden.»

«So, so», meinte Penny benommen. «Und was sagt uns das jetzt?»

Zwischen van Gemmerns Augenbrauen erschien eine tiefe Falte.

«Es sagt uns, dass das Kleinkaliberprojektil, das Finkensieper getötet hat, unser Hochgeschwindigkeitszerlegungsgeschoss, mit Hilfe dieses Treibspiegels aus einer großkalibrigen Jagdwaffe verschossen worden ist.»

«Ich verstehe», murmelte Toppe.

«Ja», fuhr van Gemmern fort. «Das Projektil verlässt den Gewehrlauf, sofort trennt sich der Käfig davon und bleibt circa zehn bis fünfzehn Meter von der Waffe entfernt liegen, während das Geschoss mit dreifacher Schallgeschwindigkeit weiterfliegt. Diese sogenannten Acceleratorgeschosse wurden in den sechziger Jahren von Remington in den USA entwickelt, sind jedoch später verboten worden. Aber ich gehe davon aus, dass jeder Waffennarr sie kennt und vielleicht sogar noch welche bei sich zu Hause hat.»

«Das heißt also, wir haben die falsche Waffe gesucht», verstand van Appeldorn.

«Ganz genau. Unsere Waffe ist kein Kleinkalibergewehr. Wir suchen jetzt nach einer großkalibrigen Jagdwaffe, mit der man zum Beispiel auf Wildschweine geht, wie eine Mauser, eine Sauer, eine Remington, natürlich, mit dem Standardkaliber 30/06 oder auch .308.» Er atmete kurz durch. «Im Lauf der Waffe, mit der Sebas-

240

tian Finkensieper erschossen worden ist, werden sich mit Sicherheit Rückstände dieses Treibkäfigs finden.»

«Der Täter hat die Waffe doch bestimmt längst verschwinden lassen», sagte Schnittges.

«Das würde ich ihm nicht geraten haben.» Van Gemmerns Augen blitzten. «Ich habe von allen Jagdausübenden dort Kopien ihrer Waffenbesitzscheine.»

Toppe rieb sich das Kinn. «Du willst die Gewehre heute Abend noch einsammeln?» Es war eher eine Feststellung.

«Selbstverständlich, von meiner Crew ist noch keiner nach Hause gegangen.»

Toppe hob den Daumen. «Dann los.»

«Die Kesseler werden sich freuen», bemerkte Cox mit einem Blick auf die Uhr. «Wo doch gerade ‹Wetten dass …› angefangen hat.»

«Und ich wette, dass unser Klaus wieder eine Nachtschicht einlegt», murmelte Schnittges. «Ist schon ein Hammer, was er da herausgefunden hat.»

«Da bin ich!»

Ackermann brachte einen Stapel Papiere und das Kästchen und war völlig aus dem Häuschen. «Ich hab im Labor vorbeigeguckt, aber da is' keiner. Dat heißt wohl, wir müssen dat Teil hier selbs' aufbrechen. Bloß gut, dat ich immer mein Schweizer Messer dabeihab.»

Dann erst schaute er sich um. «Wat is' denn los? Ihr habt doch wat.»

Cox erzählte ihm von van Gemmerns Entdeckung.

«Wahnsinn!» Ackermann brauchte eine Weile, bis er

die Information verdaut hatte. Er legte den Papierstapel und den Kasten auf Cox' Schreibtisch ab und setzte sich erst einmal hin.

«Möchtest du etwas essen?», fragte Penny ihn.

«Wat? Nee!» Jetzt kam wieder Leben in ihn. «Dafür bin ich viel zu hibbelig. Ich will wissen, wat in dem Kästken is'.» Er holte sein Taschenmesser heraus.

Cox hielt den Kasten mit beiden Händen fest. Knack! «Verborgene Talente.»

Sie fanden Fotos: der Maashof, Sabines Eltern vor einem blühenden Fliederstrauch, Sabine mit Zahnlücke und Schulranzen, Sebastian, auf einer Kuh sitzend, mit einem Hund kuschelnd, die beiden Aufnahmen, die Sabine auch ihrer Tante geschickt hatte. Eine seidige rotblonde Locke in einer Streichholzschachtel, ein gefaltetes Blatt Papier mit farbigen Handabdrücken, zwei große, zwei ganz kleine, und einen Brief:

*«Lieber Sebastian,*

*ich kann mir nur schwer vorstellen, daß Du jetzt ein junger Mann bist.*

*Für mich bleibst Du wohl immer drei Jahre alt.*

*Ich möchte Dich nicht mit der Vergangenheit belasten, aber eines muß ich Dir sagen:*

*Ich bin keine Mörderin.*

*Ich habe den kleinen Kevin nicht getötet.*

*Ich glaube, daß es ein Spielunfall gewesen ist.*

*Die kleine Bagage hat immer so gern Taucher gespielt, so wie früher, als es Taucherhelme gab. Und dazu haben sie sich*

242

*ihre Sandeimerchen über den Kopf gestülpt und manchmal auch eine Plastiktüte. Die Großen waren immer sauer, daß ihnen der Helm vom Kopf rutschte, wenn sie ins Wasser sprangen. Und so denke ich mir, sie haben vielleicht eine Schnur genommen, meine Schnur, die ich am See vergessen hatte.*

*Aber das konnte ich nicht erzählen. Ich konnte doch die kleine Bagage nicht für immer ins Unglück stürzen.*

*Es wäre auch sinnlos gewesen. Mir hätte keiner geglaubt.*

*Ich habe nie eine Chance gehabt.*

*Lieber Basti, seit Du auf der Welt warst, habe ich Dich jede Minute geliebt, und ich liebe Dich noch heute.*

*Deine Mutter Sabine»*


«Großer Gott, wenn das stimmt», sagte Ackermann tonlos.

«Es passt zu dem, was Heiko Goossens gesagt hat», stellte Bernie fest. «Als er nach Hause ging, waren nur noch der kleine Sebastian, Kevin, Jörg Goossens und Dennis Pitz am Baggersee. Wenn das mit dem Taucherspiel stimmt ...»

«... hat Dennis Pitz seinen eigenen Bruder getötet», ergänzte Penny. «Womöglich ist das sein Trauma.»

«Nun ja, es könnte auch Jörg Goossens gewesen sein», gab Cox zu bedenken. «Aber auf jeden Fall muss Dennis dabei gewesen sein. Du hast gesagt, die Mutter schützt ihn. Glaubst du, sie weiß, was damals wirklich passiert ist?»

Penny wiegte den Kopf. «Mein Gefühl sagt mir nein.»

«Gut, gehen wir mal davon aus, es war ein Spiel-unfall», überlegte van Appeldorn. «Diese Information hat Finkensieper, als er nach Kessel kommt, dazu die Aussage seiner Mutter, dass ihr keiner geglaubt hätte, dass sie keine Chance hatte. Erst als er schon im Ort wohnt, erfährt er, wie der Prozess gelaufen ist, wer die Kinder vom Baggerloch waren und wer gegen Sabine ausgesagt hat. Er musste nur zwei und zwei zusammen-zählen, genau wie wir es gerade tun.»

«Und es war wunderbar einfach, Sabine den Tod des Kindes in die Schuhe zu schieben», stellte Toppe fest. «Sie war der Außenseiter im Dorf, eine Einzelgängerin. Keine Verwandte und in den letzten Jahren, wenn wir an die Aussagen von Renate und Karen denken, nicht einmal Freunde. Da war keiner, der ihr zur Seite stand, keiner, der ihr geholfen hätte.»

«Das perfekte Opfer.» Cox schluckte trocken.

«Und da ist auch noch ihr Vergewaltiger.» Pennys Stimme war belegt. «Sebastian sah Sabine nicht ähnlich. Je älter der Junge wurde, umso gefährlicher wurde er für seinen Vater. Mutter und Sohn mussten weg. Da kam doch der sogenannte ‹Kindermord› gerade recht.»

«Aber Pitz hat nicht gegen Sabine ausgesagt», wandte Schnittges ein.

«Nee, bloß seine drei Busenfreunde.» Auch Acker-mann klang bitter.

Van Appeldorn schlug auf den Tisch. «Ich will sie alle morgen früh hier haben! Goossens, Küppers, van Beek und die Pitz. Neun Uhr. Ruf an, Peter.»

«Na, die werden begeistert sein.»

«Mir egal. Besser noch acht Uhr. Und dann drehen wir sie richtig durch die Mangel.»

Es klopfte, und ein Kollege von der Wache kam herein.

«Bei uns unten sind zwei Herren, die eine Aussage im Mordfall Finkensieper machen wollen. Ich habe ihnen gesagt, ich müsste erst mal nachschauen, ob um die Uhrzeit überhaupt noch einer von euch da ist. Aber wie ich sehe, seid ihr ja noch vollzählig. 'n Abend, Chef», nickte er in Toppes Richtung.

«Guten Abend. Wie heißen denn die beiden Herren?», fragte der.

«Küppers und Goossens.»

Ackermann verschluckte sich und konnte nicht mehr aufhören zu husten. «Sorry.»

«Da bin ich aber mal gespannt. Schick sie hoch.» Van Appeldorn folgte dem Wachhabenden auf den Gang und beobachtete, wie Goossens und Küppers, beide ein wenig gebeugt, die Treppe heraufkamen.

Goossens gab ihm die Hand. «Wir möchten eine Aussage machen, mein Schwager und ich.»

«Das ist ja mal was Neues, aber fein, gern. Einen Moment noch.»

Er öffnete die Bürotür. «Jupp, hast du Zeit für eine Vernehmung?»

«Aber immer», kam es aufgeräumt zurück.

«Prima, dann geh du mit Herrn Küppers in Raum ‹2›, ich nehme Herrn Goossens mit in die ‹1›.»

«Aber wir können das doch auch zusammen ...»,
setzte Küppers an, aber van Appeldorn brachte ihn mit
einer Handbewegung zum Schweigen.

Ackermann trat auf den Gang. «Die ‹3› bleibt frei für
unseren Zeugen aus England, oder?»

Goossens zuckte zusammen, sagte aber nichts.

«Na, dann kommt ma' mit, ihr beiden.»


Van Appeldorn schaltete den Recorder ein, nannte
Datum, Uhrzeit und Namen und wartete.

Goossens saß ganz aufrecht, die Hände auf der Tischplatte gefaltet.

«Ich weiß, wer Finkensieper erschossen hat», sagte er.

Van Appeldorn wartete.

«Es war Manfred van Beek.»

Van Appeldorn zog die Augenbrauen in die Höhe.

«Es ist schon so, wie ich bereits gesagt habe. Letzten
Samstag sind wir auf Tauben gegangen, mit Schrot. Nur
van Beek hatte eine zweite Waffe dabei, seine Mauser,
was ich da schon komisch fand. Aber nun ... Irgendwann ist er einmal kurz in dem Gehölz verschwunden,
mit beiden Waffen. Ich habe gedacht, er müsste sich mal
erleichtern, aber mittlerweile weiß ich es besser.»

«Sie haben also beobachtet, dass van Beek dort in dem
Gehölz geschossen hat?»

«Nein, direkt beobachtet habe ich es nicht, aber es
kann ja nicht anders sein.»

«Und welches Motiv hatte Manfred van Beek, Finkensieper zu töten?»

Goossens senkte den Blick in seinen Schoß und faltete die Hände fester.

«Das ist eine heikle Geschichte», antwortete er und schaute van Appeldorn wieder an. «Ich habe erst Jahre später davon erfahren, als van Beek mal richtig betrunken war und meinte, er müsste ein bisschen angeben. Es war wohl so, dass Pitz und er sich nach dem Schützenfest 1979 über Sabine hergemacht haben.»

«Was meinen Sie mit ‹hergemacht›?»

«Na, so wie ich das herausgehört habe, war es auf ihrer Seite nicht ganz freiwillig.»

«Dafür gibt es eine Vokabel, Herr Goossens. Fällt die Ihnen ein?»

Goossens' Augen glitzerten zornig, aber er zügelte sich. «Van Beek und Pitz haben Sabine Maas vergewaltigt. Und vergangene Woche muss Finkensieper sich van Beek als Sabines Sohn zu erkennen gegeben haben, und vermutlich hat er ihm gedroht, die Sache publik zu machen.»

«Muss haben ... vermutlich ... Sie wissen es also nicht? Van Beek hat mit Ihnen nicht darüber gesprochen?»

«Nein, das hat er nicht. Aber Manfred war schon am Freitagabend sehr bedrückt, er hat sogar geweint, und auch am Samstag war er nicht er selbst.»

«Hat er später mit Ihnen über die Tat gesprochen?»

«Nein, selbstverständlich nicht, sonst hätte ich es doch sofort der Polizei gemeldet.»

«Und warum kommen Sie heute damit?»

«Weil ich heute mit Küppers gesprochen habe und der dasselbe beobachtet hat wie ich.»

«Gut, wo wir hier gerade so nett beieinandersitzen, hätte ich noch ein paar Fragen an Sie zum Mord an Kevin Pitz.»

Goossens' Mundwinkel senkten sich. «Dazu habe ich damals im Prozess alles ausgesagt, was ich wusste. Das können Sie sicher in den Protokollen nachlesen.»

«Das haben wir getan, Herr Goossens.»

«Dann wissen Sie ja alles. Ich habe meiner Aussage von damals nichts hinzuzufügen, noch könnte ich sie ändern, denn sie entspricht der Wahrheit.»

Cox streckte den Kopf herein. «Norbert, kommst du mal eben?»

Van Appeldorn trat auf den Gang und rieb sich den Nacken. «Ich wünschte, ich würde noch rauchen.»

«Hör zu, Klaus hat gleich beim zweiten Gewehr, das er untersucht hat, einen Volltreffer gelandet. Es gehört Manfred van Beek, und es ist eindeutig die Tatwaffe.»

«Na, dann passt ja alles wunderbar zusammen. Lass ihn verhaften.»

«Penny und Bernie sind schon unterwegs.»


Ackermann besprach den Recorder: «Vernehmungsbeamter: Josef Quirinus Ackermann. Dann leg' ma' los, Jürgen.»

Küppers starrte ihn verblüfft an und räusperte sich. «Okay, also, Manfred van Beek hat den Finkensieper erschossen.»

«Wat du nich' sags'. Un' wie kommste drauf?»

«Wie wir am letzten Samstag auf die Tauben gegangen

sind, hatte Manfred seine Mauser dabei. War komisch, hab mir aber noch nichts dabei gedacht. Ich meine, der Mann ist Alkoholiker. Wer weiß, was in dessen Kopf vorgeht. Und dann ist er auf einmal in dem Gebüsch verschwunden. Muss so gegen sieben gewesen sein, plus, minus. Ich dachte, er muss mal für kleine Männer, aber war wohl nicht.»

«Du has' also gesehen, dat er in dem Büschken geschossen hat?»

«Nein … doch.»

«Wat denn jetz'?»

«Ich habe Mündungsfeuer gesehen.»

«Ah, so, un' wieso kommst du ers' jetz' damit angeschissen?»

«Weil ich gedacht hab, ich spinne. Aber dann habe ich heute mit Goossens gesprochen, und der hat dasselbe beobachtet wie ich.»

«Donnerschlag! Un' warum hat van Beek den Finkensieper umgebracht?»

Küppers zog ein komisches Gesicht. «Da ist damals so eine Sache passiert, 79 war das, nach dem Schützenfest. Da sind van Beek und Pitz zu der Sabine auf den Hof und haben sie … flachgelegt.»

«Flachgelegt?»

Sei froh, dass ich dir nicht vor die Füße kotze, dachte Ackermann.

«Wat meins' du denn damit? 'n flotten Dreier? Ringelpiez mit Anfassen?»

Küppers wurde rot. «Nein, ich glaube, die haben

die … vergewaltigt. Aber ich selbst habe davon erst Jahre später erfahren, als van Beek mit besoffenem Kopf den dicken Macker markieren wollte.»

«Ah so, un' weiter?»

«Wie weiter?»

«Du wolltes' mir erzählen, warum van Beek den Finkensieper umgebracht hat.»

«Das ist doch wohl klar. Weil er Sabines Sohn war. Der wird das van Beek wohl verklickert haben, und bestimmt hat er auch gedroht, die Vergewaltigung auffliegen zu lassen.»

«Un' woher weißte dat? Hat van Beek dir dat erzählt?»

«Quatsch, sonst hätte ich dir das doch gesagt. Aber Manfred war schon am Freitag total von der Rolle, kriegte nichts mehr gebacken. Und am Samstag, als wir auf die Jagd gingen, hat er sogar geheult.»

«Der arme Kerl. Aber sag ma', wo ich dich grad ma' hier hab: Wie war dat eigentlich damals mit dem kleinen Kevin Pitz?»

Küppers lehnte sich zurück und hob das Kinn.

«Darüber habe ich im Prozess alles gesagt, was ich weiß. Und Punkt.»

«Interessant», sagte Ackermann und schaltete den Recorder aus. «Dann hätten wir et ers' ma'. Du kanns' et dir jetz' mit deinem Schwager im letzten Zimmer links auf 'em Gang gemütlich machen. Du muss' nämlich dat Protokoll unterschreiben. Dat muss aber ers' noch getippt werden, un' dat kann dauern, weil unsere

Schreibkraft ers' ma' wieder von zu Hause kommen muss.»

«Ist der Mann überhaupt vernehmungsfähig?», fragte Cox.

«Doch, der ist ganz klar», antwortete Bernie, und Penny nickte.

Es war eine Szene wie aus dem Bilderbuch gewesen: der gebeutelte Mörder, der froh ist, dass man ihm endlich die Last von den Schultern nimmt.

Sie hatten ihren Satz aufgesagt: «Wir nehmen Sie vorläufig fest wegen des dringenden Verdachts …», und van Beek hatte mit geschlossenen Augen lange ausgeatmet, seiner Frau ein halbgezapftes Bier in die Hand gedrückt, seine Hände am Hosenboden abgewischt und sich seine Hausschlüssel geschnappt. «Dann lasst uns gehen.»

Hier im Büro hatte er sich einfach auf den nächsten Stuhl fallen lassen – es war Bernies Platz – und saß jetzt da, vornübergebeugt, die Ellbogen auf den Oberschenkeln, die Hände zwischen den Knien.

«Zu zweit», sagte van Appeldorn. «Bist du dabei, Bernie?»

«Klar.»

«Dann kommen Sie bitte, Herr van Beek, wir gehen hinüber in den Vernehmungsraum.»

Van Beek schaute irritiert hoch. «Wir können doch hierbleiben, oder? Das können wir doch?»

Van Appeldorn wollte insistieren, aber Toppe hob die Hand – «Lass ihn» –, setzte sich auf die Fensterbank und signalisierte Schnittges, dass er auf seinem Stuhl Platz nehmen konnte.

Cox holte ein Aufnahmegerät aus seinem Schreibtisch, stöpselte es ein und stellte das Mikrophon vor van Beek auf.

Van Appeldorn setzte sich auf die gegenüberliegende Seite.

«Herr van Beek, wir haben festgestellt, dass Sebastian Finkensieper mit Ihrer Waffe erschossen worden ist.»

Van Beek nahm die Ellbogen von den Knien, ruckelte den Stuhl näher an den Schreibtisch heran und legte die Arme auf die Tischplatte. Dann nickte er. Wie ein Schulkind.

«Haben Sie Finkensieper erschossen?»

«Ja.»

«Warum?»

Van Beek sog die Unterlippe zwischen die Zähne. «Weil ich verloren hab.»

«Verloren?»

«Wir haben Streichhölzer gezogen.» Er schnalzte mit der Zunge. «Und ich hab leider das kürzeste erwischt.» Er gab ein trockenes Lachen von sich. «Pitz hat noch gelästert, von wegen Säufer und so. Aber schießen kann ich noch. Ich war immer der beste Schütze, sogar besser als Goossens.»

«Wieso haben Sie Streichhölzer …», begann van Appeldorn, aber Ackermann fiel ihm ins Wort.

«Küppers sagt, du und Pitz, ihr beide habt damals die Sabine vergewaltigt.»

Van Beeks Augen wurden schmal. «Ich und Pitz? Ich und Pitz?» In seinen Mundwinkeln bildeten sich klebrige Schaumflocken. «Ja, ich hab sie auch gevögelt. Obwohl ich kaum noch was davon weiß, hackedicht, wie ich war. Und Adolf war auch dabei, der hat sie auch gefickt. Aber eigentlich war es Küppers, der uns heißgemacht hat. Der wollte der Sabine immer schon an die Wäsche, aber sie hat ihn ja nicht gelassen. Hätte sie vielleicht mal besser.

Küppers und Goossens. Goossens, der hat uns dauernd mit ihren dicken Möpsen in den Ohren gelegen.»

«Ihr wart also zu viert.»

«Wir waren vier, ja. Wir haben sie blond und blau gepoppt, Goossens, Küppers, Pitz und ich.»

Er fing an zu weinen.

«Ich kann jetzt nicht mehr», sabberte er. «Ihr müsst wissen, ich habe ein bisschen was getrunken.»

Cox drückte den Knopf für die Wache, aber Bernie konnte nicht mehr warten. Er packte van Beek hart am Arm. «Stehen Sie auf. Ich bringe Sie in den Arrest.»

Hinter den beiden fiel die Tür zu.

«Die hängen den hin», sagte Penny.

Cox schaute sie an. «Ein glasklares Bauernopfer …»

«Zeugenaussagen, die sich decken.» Toppe stand auf. «Genau wie damals.»

Unten klappte die Eingangstür.

Ackermann fegte durchs Zimmer und riss das Fenster auf.

«Goossens!», brüllte er. «Zieh dich warm an. Wir kriegen dich. So wahr ich Ackermann heiße.»

### Die Burg
Mord beim Historienspektakel! Eine englische Historiengruppe stellt in Kleve eine Schlacht aus dem Achtzigjährigen Krieg nach. Als das Spektakel beginnt, explodiert unter der Tribüne der Honoratioren eine Bombe ... Der neue Kriminalroman des Erfolgstrios.
rororo 24199

## Leenders/Bay/Leenders –
**Das KK11 ermittelt**

### Die Schanz
Der Schänzer Bauer Dellmann findet in seiner Erntemaschine einen Fuß im Herrenschuh. Von den mürrischen Dörflern ist keine Hilfe zu erwarten. Toppe und sein Team vom Klever Kommissariat 11 sind auf sich allein gestellt. Als das Rheinhochwasser bedrohlich steigt, verharren die Schänzer nach alter Sitte eingeschlossen hinter Flutmauern. Unter ihnen ist der Mörder.
rororo 23280

### Augenzeugen
Hauptkommissar Toppe hatte mit Eugen Geldek, dem halbseidenen Unternehmer, bisher nur unerfreuliche Erfahrungen. Und nun zwingt ihn dessen Ermordung auch noch, ein dunkles Kapitel seines eigenen Lebens neu aufzurollen. Ein packender psychologischer Kriminalroman des erfolgreichen Autorentrios. Spannung pur.
rororo 23281

*Weitere Informationen in der* Rowohlt Revue *oder unter* www.rororo.de

**Petra Hammesfahr
Der Schatten**

Der Schatten mit den Mörderaugen kam in der Nacht und nahm Stella alles, was ihr lieb war. Was wie ein böser Traum schien, ist am Morgen entsetzliche Wirklichkeit: Ihre Schwiegermutter liegt erschlagen im Bad, ihr Baby ist verschwunden. Niemand will der jungen Mutter glauben, sie gerät unter Mordverdacht ... rororo 24051

**Tatort Deutschland**
Drei Thriller der Extraklasse

**Jan Seghers
Die Braut im Schnee**

Eine junge Zahnärztin ist ermordet worden. Der Täter hat die Leiche auf widerwärtige Weise zur Schau gestellt. Der Frankfurter Kommissar Marthaler ahnt, dass sich der Mörder mit einem Opfer nicht zufriedengeben wird. Und er soll recht behalten ...
rororo 24281

**Andree Hesse
Der Judaslohn**

Die Zeit heilt alle Wunden, sagt man. Oder doch nur fast alle? Hat der Mord an dem englischen Soldaten auf dem Truppenübungsplatz mit der düsteren Vergangenheit dieses Ortes zu tun? Hauptkommissar Hennings steht vor einem Rätsel – obwohl er selbst in Eichendorf aufgewachsen ist ...
rororo 24019